# 좀비 제너레이션

좀비로부터 당신이 살아남는 법

# 좀비 제너레이션
## ZOMBIE GENERATION

정명섭 기록

네오
픽션

# 들어가면서

세상에는 무수히 많은 괴물들이 있다. 하지만 여타 괴물들과 달리 좀비는 탄생과 기원, 그리고 발전과정에서 '인간'이 깊숙이 개입했다. 노예 개념이었던 좀비가 어떻게 문명을 멸망시키고 인류를 위협하는 존재로 자리 잡게 되었는지 그 과정들은 매우 흥미롭다. 좀비와 관련된 단어로 자주 등장하는 것이 종말을 뜻하는 아포칼립스Apocalypse라는 점 역시 의미심장하다. 실제로 현대적인 개념의 좀비는 환경오염이나 방사능 같이 실제로 인류 문명을 끝장낼 수 있는 문제들과 깊은 연관이 있다. 즉 드라큘라나 늑대인간과는 달리 내일 당장 우리 곁에 나타나 모든 것을 끝장낸다고 해도 전혀 이상하지 않은 존재들이다. 이런 점을 감안했을 때 좀비에 어떻게 대응하는가에 대해서 의문점을 갖는 것은 어찌 보면 당연하다. 실제로 최근 미국에서는 좀비대응훈련—실제로는 일반적인 대피훈련—이 열렸다. 더불어 맥스 브룩스의『좀비 서바이벌 가이드: 살아있는 시체들 속에서 살아남기 완벽 공략』이 선풍적인 인기를 끈 것을 보면 좀비는 반드시 존재한다고 믿는 사람들이 적지 않아 보인다.

전 세계를 휩쓸 만한 좀비사태가 벌어진다면 대한민국 역시예외는 아닐 것이다. 특히 인구밀도가 높고 도시가 많은 대한민국은 좀비들의 좋은 놀이터가 될 가능성이 높다. 아파트 문을 잠그고 버티면 그만이라는 생각은 대단히 위험하다. 좀비가넘쳐나는 세상에서의 생존은 지금까지 우리가 알고 있던 상식이나 생활방식에서는 별다른 도움을 받을 수 없다. 이 책은 좀비사태의 발생 직후부터 이동 과정, 이동하는 와중에 만나는사람들을 어떻게 규합하는지, 그리고 안전지역으로 설정된 지역으로 탈출하는 과정에 대해서 필요한 장비들과 행동요령이들어 있다. 따라서 좀비 사태가 발생하게 되면 생존에 큰 도움이 될 것이다.

# 차 례

**1장**
**발생** ··· 징후부터 경고 단계까지 9

**2장**
**대비** ··· 경고부터 확산 단계까지 47

**3장**
**이동** ··· 확산부터 봉쇄 단계까지 115

**4장**
**탈출** ··· 봉쇄부터 진압 단계까지 153

**에필로그**
남겨진 자들을 위한 메시지 197

**노트**
좀비의 역사와 프리덤 워치 200

# 1장

발생

## 징후부터 경고 단계까지

## 5월 11일 오후 4시 13분, 상수동 상아의 꿈 카페

카페의 오후 4시는 낮도 아니고 저녁도 아닌 어중간한 시간대다. 점심 직후 밀어닥친 손님들을 맞이하고 빈 잔과 그릇들을 치우느라 정신없던 나는 의자에 앉아서 한숨을 돌렸다. 기지개를 켜며 하품을 하는데 그들이 들어왔다. 떠들썩하게 들어온 그들은 언제나처럼 제일 구석 긴 테이블로 향했다. 자신들을 '프리덤 워치'라고 부르는 모임의 리더인 30대 초반의 남자가 카운터를 지나가며 낮은 목소리로 말했다.

"아메리카노 세 잔이요."

젠장, 사람이 여섯인데 세 잔이라니. 나는 속으로 짜증이 났다. 아마 뻔뻔하게 리필도 두어 번 부탁하겠지. 그리고 좀비니

뭐니 이상한 얘기들을 떠들어대 조용히 있는 다른 사람들에게
도 방해가 될 거야. 이번에야말로 경고를 해야겠다고 마음먹고
커피를 트레이에 올려놓은 채 가져갔다. 화장실 옆에는 긴 테
이블에 앉은 그들이 지저분하게 종이들을 올려놔 커피를 내려
놓기도 힘들었다. 간신히 커피를 내려놓고 헛기침을 하고는 조
심스럽게 입을 열었다.

"죄송한데 다른 손님들이 항의를 하셔서요. 조금만 조용히
해주시겠습니까?"

"알았어요."

리더로 보이는 남자가 돌아보지도 않고 성의 없는 말투로 대
답했다. 나는 발끈하여 뭐라고 하려다가 돌아섰다. 카운터 안
으로 들어와 의자에 앉아서 스마트폰으로 뉴스를 봤다. 지난달
서울 근교에서 발생한 인수공통전염병이 빠르게 번지고 있다는
뉴스가 나왔다. 전염병의 확산을 막기 위해 군과 경찰의 협조
를 얻어서 해당지역을 철저하게 통제 중이라는 보도와 함께 철
조망이 쳐진 마을과 총을 든 군인의 모습이 보였다. 화장실에
서 나온 프리덤 워치 리더가 스마트폰의 뉴스를 물끄러미 바라
보다가 입을 열었다.

"우리도 이제 준비해야 할 때가 온 겁니다."

"네?"

깜짝 놀란 나에게 프리덤 워치 리더가 얘기했다.

"좀비들이 나타날 징조라고요."

어이없이 쳐다보자 프리덤 워치 리더는 어깨를 한번 으쓱하더니 일행이 있는 곳으로 돌아갔다. 나는 나지막한 목소리로 욕을 하고는 스마트폰을 들여다봤다. 프리덤 워치들은 자기들끼리 싸우는지 간간히 목소리가 높아졌다. 다행스럽게도 리필을 부탁하지 않았다. 그리고 저녁 6시가 막 넘을 무렵, 일어날 준비를 했다. 두 번째 방문하던 날, 밖에서 떡볶이와 김밥을 사와 먹는 것을 제지한 이후부터 다행히 저녁 늦게까지 버티지는 않았다. 나는 건성으로 인사하고 쟁반과 행주를 들고 그들이 떠난 자리로 갔다. 이제 남은 손님은 창가에 앉은 젊은 남녀뿐. 프리덤 워치가 머물다간 테이블 위에는 구겨진 포스트잇과 메모지, 그리고 볼펜과 사인펜으로 그려놓은 낙서들이 가득했다. 한숨을 쉬면서 쓰레기들을 치우다 의자 위에 놓인 종이 뭉치를 발견했다. 스테이플러로 구석을 찍어놓은 종이 뭉치 제일 위에는 미드 〈워킹데드〉에 나온 좀비가 복사되어 있었다. 나는 종이에 쓰인 제목을 읽었다.

"좀비 생존 매뉴얼?"

살짝 돌아버린 줄만 알았는데 진짜로 미친놈들이었다. 고개를 절레절레 흔들며 종이 뭉치를 집어 들었다. 그런데 뭔가 바닥에 떨어지는 소리가 났다. 고개를 숙여서 바닥에 떨어진 것을 주웠다. 모양새는 펜치랑 비슷하게 생겼지만 다른 물건 같았다. 고개를 갸웃거리며 들여다보는데 화장실에서 나온 남자 손님이 알은척을 했다.

"멀티 툴이네요. 아저씨 거예요?"

"손님이 놓고 간 건데요. 이게 뭐라고요?"

내 질문에 남자 손님이 멀티 툴을 집어 들고는 침을 튀기며 설명했다.

"제품명은 레더맨 차지예요. 그러니까, 맥가이버 칼 아시죠? 그런 것처럼 여러 가지 기능이 들어 있어서 캠핑 같은 거 할 때 필요해요. 이게 톱날이고, 요건 칼, 그리고 이건, 십자드라이버, 그 옆에 있는 건 병따개, 그리고 확 뒤집으면 펜치가 돼요."

남자 손님이 멀티 툴에 관해서 설명하고는 돌려줬다. 그러고는 여자가 기다리고 있는 테이블로 돌아가면서 덧붙였다.

"비싼 거니까 찾으러 올 거예요. 잘 보관했다가 돌려주세요."

"네. 감사합니다."

카운터로 돌아와 종이 뭉치를 커피 머신 옆에 올려놓고 멀티 툴을 그 위에 얹어놓은 다음에 의자에 앉았다. 어차피 2주일에 한 번씩은 오니까 그때 돌려주면 될 것 같았다.

그때 창가에 앉은 커플이 리필을 부탁했다. 아메리카노 두

잔을 가져다주는데 여자가 남자에게 물었다.

"창문 흔들려. 지진 난 거 아냐?"

"에이, 설마."

남자는 그럴 리 없다는 표정으로 말하며 웃었지만 여자 말대로 창가는 파르르 떨렸다. 커피 잔을 내려놓고 돌아서려는 찰나 창가 위쪽을 가로질러가는 것이 보였다.

"저게 뭐지?"

중얼거리는 나를 보고 남자 손님이 고개를 들어 쳐다보다가 알은척을 했다.

"앞에 연료 주입 봉이 길게 나온 걸 보면 HH-60 페이브 호크 같은데요. 미군 특수부대 애들이 적지에 떨어진 조종사들 구출하는 데 쓰는 거죠."

"우와, 어떻게 그렇게 잘 알아?"

여자가 감탄한 표정으로 묻자 남자 손님이 어깨를 으쓱했다.

"오빠 공군 나왔잖아. 근데 저 헬기 왜 저래?"

아닌 게 아니라 창밖에 보인 헬기는 심하게 낮은 고도로 날고 있었다. 거기다 똑바로 날지도 않고, 술에 취했는지 좌우로 심하게 흔들렸다. 여자는 그걸 보더니 한마디 했다.

"음주 운전 아니야?"

"차도 아니고. 저건 술 마시고 못 몰아."

"치, 말을 꼭 그렇게 해야 해?"

남자 손님의 타박에 여자 손님이 입을 삐죽 내밀었다. 나는 말다툼을 시작하는 손님들을 두고 좀더 잘 보이는 창가 쪽으로 옮겼다. 비틀거리던 헬기는 기수를 내리고 아래로 추락했다. 도심지 한복판이라 어디 떨어지든 큰 피해가 날 것 같았지만 좀 떨어진 곳이라 안심이 되었다. 높은 빌딩 너머로 사라진 헬기를 지켜보던 나는 손님이 들어오는 소리에 고개를 돌렸다. 그 후로 손님들이 밀어닥쳐서 정신이 없었다. 겨우 한숨을 돌리고 나서야 스마트폰의 뉴스를 통해서 헬기가 종로 근처에 떨어졌고, 사상자가 제법 났다는 속보가 올라온 걸 봤다. 남자 손님의 말대로 주한미군 소속의 헬기가 맞았다. 들어온 남자 손님 둘이 스마트폰으로 뉴스를 보면서 얘기를 주고받았다.

"응? 저게 뭐야? 헬기에서 누가 걸어 나오는데?"

"정말? 저기서 살아남다니 억세게 운 좋네."

카운터에서 손님들이 마신 컵을 대충 닦아서 식기세척기에 밀었다. 커플이 밖으로 나가고 뒤에 들어온 남자 손님 둘도 금방 일어났다. 카드로 계산을 하면서 내가 슬쩍 물었다.

"아까 추락한 데서 살아남은 거예요?"

"모르겠어요. 온통 까맣게 불에 타서 소리만 질러대서요. 119 아저씨들이 부축해서 구급차에 싣는 것까지 봤어요."

카드를 챙긴 남자 손님에게 인사를 하고 행주로 테이블을 닦았다. 헬기 추락 사고는 뉴스에서 곧 사라졌고, 포털 사이트의 검색어 순위에서도 금방 내려갔다. SNS에서는 주한미군 헬기가 왜 서울 한복판에 떨어졌는지 온갖 추측들이 오고갔지만 곧 시들해졌다. 오후가 되면서 반짝했던 손님들이 줄어들었고 늦은 밤이 되자 텅 비어버렸다. 나는 괜히 궁금해져 멀티 툴을 치우고 밑에 깔린 매뉴얼의 첫 장을 넘겼다.

# 좀비 대응 매뉴얼

아이티로부터 시작된 운다나 바이러스는 인구 밀도가 낮은 지역에서 발생하거나 혹은 아이티 같은 고립된 지역에서 발생했기 때문에 생각보다 전염율이 낮았다. 하지만 인구가 폭발적으로 증가하고 도시화가 진행되면서 급속한 전파가 가능한 토대가 마련되었다. 더불어 교통수단의 발달로 인해 짧은 시간에 전 세계로 퍼질 가능성도 높여주었다. 이에 따라 2002년부터 프리덤 워치 본부에서는 좀비 경고를 평시 감시 단계인 레드에서 요주 감시 단계인 블루로 격상시켰다. 발병 즉시 전 세계 확산 가능성이 85%가 넘어선 것으로 판단한 것이다. 한국 프리덤 워치에서는 이런 조치에 발맞춰 2012년부터 연구모임을 발족시켜 가장 시급한 현안인 도심지역의 생존 매뉴얼의 제작과 배포에 박차를 가하고 있다. 물론 프리덤 워치의 공식 생존 매뉴얼이 있는 상태지만 미국을 상정해서 만들었기 때문에 국내와는 여러모로 다른 측면이 있다. 따라서 조직의 결성 직후부터 우리나라 상황에 맞는 생존 매뉴얼을 제작하기 위한 노력들이 있어왔다. 한국 프리덤 워치에서는 수차례의 준비모임을 가지고 매뉴얼 제작을 위한 연구조직을 결성했으며, 논의 끝에 우리나라의 실정에 맞는 생존 매뉴얼을 만들기 위한 원칙을 다음과 같이 정리했다.

1. 일단 장기 생존 전략의 작성을 위한 노하우와 지식이 부족하기 때문에 단기 생존전략을 중점적으로 작성한다.
2. 총기 사용보다는 생존에 초점을 맞춘다. 물론 좀비와 싸우기 위해서 총기는 필수적이지만 현실적으로 구하기 어렵고, 자칫 오해를 살 수 있기 때문이다.
3. 최초 발생 징후포착부터 탈출을 위한 이동까지 상세하게 설명한다. 이는 우리나라 사람들이 좀비에 대한 기본인식이 매우 부족하며, 불신론자들이 매우 많기 때문이다.
4. 인구의 80% 이상이 도시 혹은 도시화가 진행된 지역에 거주하는 것을 감안해서 우선 도시에서의 생존 매뉴얼을 만든다. 이후 교외 혹은 산악지역에 맞는 매뉴얼을 추가로 제작한다.
5. 완성된 매뉴얼의 배포에 신중을 기한다. 이는 좀비에 관한 정보 부족으로 인한 오해와 그에 따른 불필요한 충돌을 줄이기

위한 조치로 일단 좀비에 대한 이해도를 높인 후 배포하는 쪽
으로 진행한다.


## 첫 번째 챕터 : 징조와 준비


프리덤 워치 조사에 따르면 현재 지구상 어떤 정부도 좀비에
대해서 구체적이고 명확한 대응책을 가지고 있지는 않다. 최
근 미국에서는 좀비 대응훈련을 실시하고 있지만 어디까지나
재난 대비 훈련에 시민들의 참여를 높이기 위한 방편일 뿐이
다. 대한민국 정부가 좀비사태에 어떻게 대응할지에 대해선 아
직 밝혀진 바 없다. 북한의 도발에 대비해 매년 충무훈련을 실
시하고 있다. 최근에는 북한의 침투상황뿐만 아니라 화생방 대
응 훈련도 하고 있으며, 특정 지역에 대한 소개와 차단, 제독훈
련 역시 시행하고 있는 것으로 알려져 있다. 하지만 이런 계획
들은 실제로 일반인들을 대상으로 시행된 적이 없다. 가장 큰
문제는 충무계획의 진짜 목적이 원활한 군사작전이라는 점이
다. 따라서 좀비사태가 발생했을 때 필요한 발생 지역의 차단
과 봉쇄, 그리고 봉쇄지역 안의 인간 구조작전에 대한 계획은
전혀 없을 것으로 추정된다. 또한 군대를 동원할 수 있는 통합

방위법은 북한의 도발 규모에 따라 갑, 을, 병종으로 나눠진다. 상황이 벌어지면 정해진 절차에 따라서 국방부 장관이나 행정안전부 장관이 대통령에게 통합방위사태의 선포를 건의한다. 건의를 받은 대통령은 중앙통합방위협의회와 국무회의의 심의를 거쳐서 통합방위사태를 선포한다. 문제는 이런 절차가 완료되는 데 걸리는 시간이다. 좀비 불신론자들이 많을 경우, 혹은 정치적인 고려를 할 경우 통합방위사태의 선포가 늦어질 수 있다. 또한 선포가 이뤄진다고 해도 혼란에 빠진 도심지에서의 군사작전은 쉽지 않다. 따라서 도시에 좀비가 나타났다고 바로 군대가 탱크를 끌고 와서 진압할 가능성은 극히 적다. 가장 유사한 화생방 대비 훈련은 발생지역을 봉쇄한 후, 제독소를 내부에 설치하여 인원들을 구조하는 방식으로 진행되는 것으로 알려져 있다. 정부의 대응 부족과 좀비사태의 확산 속도가 예측 불가능하다는 점을 감안하면 초반에 많은 혼란이 야기될 것이 분명하다. 따라서 좀비사태가 실제로 발생하면 프리덤 워치 매뉴얼에 따라 대응하는 것이 생존할 수 있는 확률을 높이는 것이다.

생존법의 핵심은 미리 준비를 한 상태에서 징후를 포착하는 것이다. 준비가 끝났으면 일단 안전한 거점+을 확보하고 사태

추이를 지켜봐야 한다. 초반 사태 발생 시 안전한 장소로 이동하는 데 실패하면 거점에서 정보를 모으고, 이동 루트를 확보해야 한다. 좀비사태 후 초반 탈출에 실패했다면 안전한 거점에서 이동 루트를 확보하는 것이 중요하다. 당신이 여러 가지 이유로 좀비사태의 진원지 한복판 내지는 영향권 내에 있다면 어떤 조치를 취해야 할까? 휴대폰으로 부모님에게 도움을 요청하는 것은 별 효과가 없을 것이다. 부모님이 좀비불신론자일 가능성이 99%이고 설사 아니라고 해도 좀비사태의 희생자를 늘리는 것밖에는 안 된다. 오히려 공포에 빠진 부모님에게 안전한 대피 요령을 알려줘야 한다. 당신이 사태 발생 직전에 대피하는 데 실패하고 진원지 근처에 있다면 지금까지 보지 못했던 혼란을 목격할 것이다. 그리고 이들 틈에 낀다는 것은 매우 위험한 일이다. 좀비들이 어슬렁대는 거리를 돌아다니는 것은 생존확률을 낮출 뿐이다. 이동에 필요한 물품들을 모을 여유가 사라진다. 거기다 두려움에 빠진 군중심리에 휩쓸리면 생존에 필요한 판단도 내릴 수 없다. 군중이 안전하다는 착각을 버려라. 재수는 결정적인 순간에 없는 법이고, 그게 당신 차례가 될 가능성이 아주 높으니까. 냉정을 유지하고, 사태를 파악하는

---

+ 역시 명확한 설명이 없지만 아마 탈출준비를 위한 장소쯤으로 추정된다.

게 우선이다. 물론 사태 초반에 이동해서 안전지역으로 빠져나
갈 가능성도 있다. 하지만 도로는 차들로 막혀 있을 것이고, 지
하철은 승객 중 단 한 명만 좀비가 있어도 거대한 무덤으로 변
해버릴 가능성이 높다. 남은 건 두 다리뿐인데 당신의 두 다리
가 좀비들과의 달리기에서 이길 것이라고 장담하지 마라. 모든
신진대사가 멈춰버린 좀비는 땀을 흘리거나 근육이 늘어질 일
이 없다. 빨리 달리지는 못하겠지만 마라톤 선수가 아닌 이상
하나밖에 없는 목숨을 걸고 섣부른 모험은 피하는 게 좋다. 이
시점에서 생존확률을 높이는 것은 우선 안전한 거점을 확보하
고 식료품과 식수를 준비하면서 안전한 곳으로 이동을 준비하
는 것이다.

  좀비사태가 현실에서 발생하면 초기 전파속도는 대단히 빠
를 것이다. 이것은 좀비의 존재를 믿지 않는 불신론자들의 무
지와 국가 시스템상의 문제점 때문이다. 대한민국은 북한과
60년째 대치 중이라 전쟁은 물론 각종 비상사태에 대응할 수
있는 훈련들을 반복해왔다. 하지만 그 항목 중에서 '좀비'는
들어 있지 않다. 좀비의 발생과 전파는 대규모 전면전이나 게
릴라들의 침투, 재난재해와는 차원이 다른 문제다. 따라서 어
떤 이유에서건 좀비가 일단 나타나고 전파된다면 국가는 한동

안 큰 혼란에 빠질 것이다. 한 가지 예외가 있다면 미국을 비롯한 외국에서 발생한 좀비사태와, 그 처리 과정을 보면서 대응책을 세우는 것이다. 해당 국가에서 비밀리에 처리할 가능성이 굉장히 높기 때문에 큰 도움이 될지는 미지수다. 좀비사태 발생 초반은 그것을 믿지 못하는 불신론자들과 혼란을 막기 위해 어떻게든 감추려는 정부 때문에 대체로 정체불명의 전염병의 전파 정도로 포장될 가능성이 굉장히 높다. 물론 좀비가 창궐하게 되면서 진실이 밝혀지겠지만 초반 대응 미숙은 엄청난 희생을 초래할 것이다. 좀비를 피하는 준비는 크게 두 가지로 나눠 진행하는데 하나는 좀비사태의 징후를 포착하는 것이고, 다른 하나는 대피를 위한 피난 물품을 준비하고 루트를 확인하는 것이다.

## 징후 포착

일반인이 좀비와 관련된 정보를 확인할 수 있는 것은 TV를 비롯한 언론매체와 트위터를 비롯한 SNS가 있다. 언론 매체는 공신력이 있긴 하지만 정보를 통제하거나 왜곡할 가능성이 높다. 그에 비해 SNS는 다양하고 생생한 정보를 전달하지만 확인되지 않거나 고의, 혹은 무지로 인해서 잘못된 정보들을 전파시킬 수 있다. 가장 좋은 방법은 교차 검증하는 것이다. 예를 들어 A지역에 정체불명의 전염병이 퍼졌다는 뉴스가 나온다면 해당 지역에 사는 사람들의 SNS를 통해서 정보를 확인하는 방식이다. 반대로 SNS를 통해 B지역에 지금까지 볼 수 없었던 바이러스성 질환이 발생했다는 소식을 접하면 언론 매체의 보도를 찾아보는 방식이다. 최근 정부의 언론 통제력이 많이 약화된 상태이기 때문에 완벽하게 감추는 것은 거의 불가능하다. 하지만 이런 점 때문에 오히려 초반에 혼란스러운 정보들이 넘쳐나는 상황이 발생될 수 있다. 따라서 미리 체크할 사항들을 정리해두었다 해당 사항이 늘어나면 위험도가 높아진다는 뜻으로 봐야 한다. 그때가 되면 준비했던 피난물품들을 점검하고 탈출 루트를 재확인하는 작업에 착수해야 한다.

## 좀비가 나타나는 징후들

1. 특정 지역에서 굉장히 빠르게 전염병이 전파되고 있다.
2. 해당 지역의 출입을 봉쇄하고 언론을 비롯한 사람들의 접근을 막고 있다.
3. 전문가 혹은 정치인들이 미디어에 나와서 구체적인 상황 설명 없이 안심하라고 얘기한다.

4. 전염병에 대한 정확한 명칭 없이 '신종 바이러스'라고 보도한다.

5. 신종 바이러스의 증상이 고열과 구토에 이은 갑작스러운 사망과 발병 전파가 굉장히 빠르다.

6. 정부와 언론에서 신종 바이러스에 관해 이런 저런 설명을 하지만 SNS 사용자들의 얘기는 전혀 다르다.

7. 우리나라뿐만 아니라 전 세계적으로 비슷한 증상이 빠르게 전파된다.

8. 신종 바이러스가 공기 중에 전파되기 때문에 타인과의 접촉을 하지 말아야 한다는 보도가 나온다.

9. 신종 바이러스에 의한 사망자들의 시신을 구체적인 설명 없이 화장하라는 지침이 내려온다.

10. 위의 상황들이 굉장히 빠르게, 구체적으로 1주일 안에 진행된다.


열 가지 항목 중 세 가지 이상이 발생하면 위험도 하, 다섯 가지 이상이 발생하며 위험도 중, 일곱 가지가 넘어가면 위험도 상으로 판단해서 대처한다. 위험도 하의 경우에 피난 물품들을 점검하고 부족하거나 빠진 것들을 보충한다. 위험도 중의 경우에는 구체적인 피난루트를 점검하고, 물품들을 재점검

한다. 위험도 상의 경우엔 준비한 물품들을 챙겨 즉시 해당지역을 빠져나간다. 물론 이런 일들은 좀비사태가 거주지 인근에 해당될 때 적용된다. 만약 사태 발생지가 멀리 떨어져 있다면 계속 사태의 추이를 지켜보면서 차후의 움직임을 결정해야 한다. 사태 발생지가 멀리 떨어져 있다 해도 안심하지 말고 전염 경로를 살펴봐야 한다. 초기의 대응 실패는 대규모 좀비의 발생을 가져올 수 있으며, 이는 광범위한 전파로 이어질 가능성이 높다. 따라서 위험 신호가 포착되면 일정시간을 투자해서 뉴스와 SNS를 통해 지속적인 감시활동을 펴야 한다. 이때 주의해야 할 것은 동료들을 제외한 이들에게는 이런 감시 활동에 대해서 설명하지 않아야 한다는 점이다. 좀비 불신론자들은 명확한 이론적 체계 없이 무작정 비난하고, 조롱하는 습성이 있기 때문에 쓸데없는 갈등을 불러일으킬 가능성이 높다.

## 피난 장소 선정

어디로 피난할 것인지 루트를 짜는 문제는 좀비사태에 있어 생존율을 높이는 결정적인 문제다. 따라서 취합한 정보들을 토대로 냉정하게 사태를 분석하며 피난 루트를 짜야만 한다. 배낭을 메고 무기를 든 채 위험지역을 돌파하거나 은신처에 숨어있는 것은 초기 대응이 실패로 돌아갔음을 의미한다. 좀비들이 전 지구에 동시다발적으로 나타나서 인류를 습격하지 않는 이상 전파 속도에 따라 대응은 얼마든지 가능하며, 교통수단을 이용한 피난 역시 가능하다. 그렇다면 좀비사태가 발생할 경우 피난 루트와 수단, 장소는 어떻게 짜야 할까?

### 외국

가장 안전하고 좋은 방법은 비행기를 타고 안전한 국가로 피난하는 것이다. 하지만 해외이주는 단기간에 준비하기는 불가능하다. 대부분 비자와 비용 문제로 인해 단기간에 체류하고 돌아오는 것이 고작이다. 물론 외국으로 피난을 가서 사태가 진정되는 것을 지켜보는 것도 좋은 방법이다. 하지만 해당 국가에서도 좀비들이 창궐할 경우 말도 안 통하는 타국에서 위험에 노출되어버리는 상황에 처한다. 더군다나 해당국가가 구조 작업을 하게 되면 자국민을 먼저 챙겨줄 가능성이 상당히 높기 때문에 고립될 가능성도 높다. 외국으로의 도피는 비용과 여건상 특수한 경우를 제외하고는 현실적으로 불가능하기 때문에 일단 접어둬야 한다.

## 국내

국내로 눈을 돌린다 해도 여러 방법이 있다. 좀비사태가 현재 살고 있는 거주지에 발생할 가능성이 높아지면 일시적으로 대피해서 추이를 지켜보기 적당하다. 특히 해당 지역이 비상사태로 인해 봉쇄되고, 생존자들의 구출을 포기하게 되는 사태가 벌어지게 될 가능성까지 감안하면 매우 현명한 결정이라 할 수 있다. 따라서 가급적이면 좀비사태에 대해서 이해해줄 수 있는 친척이나 동료가 있는 곳으로 이동해야 한다. 피난 지역도 인적이 드문 시골보다는 정보를 획득할 수 있는 도시가 적당하다. 시골은 인적이 드물기 때문에 공격 받지 않을 거란 착각에 빠질 수 있다. 하지만 반대로 필요한 정보들을 빠르게 접할 수 없고, 고립될 가능성이 높다. 대한민국 인구의 대부분은 도시에서 거주하기 때문에 시골 생활에 익숙지 않다. 좀비사태가 장기화된다면 이것은 심각한 문제로도 번질 수 있다. 인적 드문 교외지역은 도시 출신에게 심리적인 불안감을 줄 가능성도 높다. 또한 숨을 곳 없는 벌판에서 지구력이 뛰어난 좀비에게 들켰다는 것은 곧 죽음을 의미한다. 육지와 고립된 섬 역시 마찬가지다. 육지로부터 안전하다는 의미는 반대로 섬 내부에서 좀비사태가 발생할 시 빠져나갈 곳이 없다는 것을 의미한다. 부두나 공항 모두 탈출하려는 사람들로 북새통을 이룰 것이고,

이 와중에 감염자가 한 명이라도 있다면 혼란은 극에 달한다. 섬 지역의 경우는 아예 구조 작업 자체가 이뤄지지 않을 가능성도 높다. 따라서 외부와 고립된 섬은 익숙하지 않은 시골지역과 더불어 피난 장소로는 적합하지 않다.

피난 장소로 가장 적당한 곳은 대도시 근방의 위성도시와 도시화가 어느 정도 진행된 지방의 중소도시다. 방송이나 SNS를 통한 정보를 전달받기에도 적당하고, 사태가 확산되기 전까지 비상식량이나 물품들을 확보하기에 편하며, 탈출과정에서 꼭 필요한 동료들을 확보하기도 쉽다. 좀비사태가 확산되면서 필연적으로 발생할 무법 상태에서는 공권력의 도움을 받기 쉽고, 필요한 경우 무장하기 쉬워진다. 명심해야 할 것은 당신이 좀비사태가 발생한 곳에 있다는 사실 자체가 생존율을 절반 이하로 떨어뜨린다는 것을 의미하며, 초기 대응에 실패했음을 뜻한다. 회고록이나 후기를 쓰고 싶은 생각이 없다면 좀비들이 득실대는 곳에서 눈에 띄게 행동할 필요는 없다. 가장 좋은 상황은 좀비사태의 진원 및 발생지로부터 멀리 떨어져서 안전하게 지켜보는 것이다. 좀비들이 득실대는 위험지대를 돌파해서 살아남겠다는 것은 굉장히 위험천만한 일임을 명심해야 한다.

## 피난 물품과 도구

좀비사태가 발생하면 피난 루트를 짜는 것 외에 우선적으로 해야 할 것이 바로 피난물품을 준비하는 것이다. 피난 물품은 전기와 수도가 끊긴 지역에서 며칠간 생존하기 위해 필요한 장비다. 좀비사태가 확산되면 행정력이 제 기능일 발휘하지 못하고, 생필품을 구하기 어려워진다. 또한 좀비는 물론 사람들 사이에서도 약탈을 비롯한 무법 상황이 벌어질 수 있기 때문이다. 이런 고립 상황은 체력 및 정신력을 극도로 고갈시키기 때문에 최대한 피해야 한다.

피난 물품은 배낭에 넣어서 입구나 손이 닿는 곳에 놨다가 비상사태가 발생해서 이동할 때 바로 집어 들고 나갈 수 있게 만들어야 한다. 이동과 휴대성을 고려해 지나치게 무겁게 하는 것은 피하고, 계절별, 지역별로 챙겨야 할 물품들이 다르기 때문에 항상 주의를 기울여야 한다. 물품들을 챙기고 짊어졌을 때 이동에 부담이 되는 무게는 아닌지, 소리가 나지 않는지 확인해야 한다. 익명의 전문가 그룹은 아래와 같은 물품들을 피난 물품으로 추천했다. 이 물품들은 '회사원'들이 작전지역에서 고립될 경우를 대비해서 가지고 다니는 베일 아웃 백Bail Out Bag을 참고한 것이다.

**의약품** : 전문가들은 일단 소독용 알코올과 솜, 반창고, 압박 붕대, 의료용 가위는 반드시 챙겨야 한다고 입을 모은다. 솜은 스타터로 불을 지필 때 필요하기 때문에 여분까지 감안하여 챙겨놓자. 불결한 환경에 노출된 외상은 사소한 것이라 해도 나중에 악화될 수 있기 때문이다. 그 밖에 여유가 된다면 해열 진통제나 감기약, 면봉, 핀셋 등도 챙길 것. 의약품은 생존에 꼭 필요한 도구들은 아니지만 당사자나 일행이 아플 경우에는 반드시 필요한 물품이다.

**의류** : 좀비사태가 발생한 시기가 봄이나 여름이면 별도 의류는 필요 없다. 하지만 가을, 겨울에 이런 일이 벌어져 이동을 하게 된다면 보온을 위해 반드시 필요하다. 가장 좋은 것은 가볍고 바람을 막을 수 있는 고어텍스 소재의 등산용 자켓이다. 한겨울이라면 가벼운 스웨터나 방수가 되는 바지도 한 벌 챙겨넣자. 그 밖에 장거리 이동에 대비해 여분의 양말을 챙겨야 하고—겨울이라면 등산용 양말—부서지거나 불탄 건물의 잔해를 지나가거나 들어가야 하는 경우를 대비해 방수가 되는 장갑도 한 켤레 넣어둬야 한다. 야외에서 취침한다면 체온을 유지하기 위한 응급담요도 필요하지만 도심지역에서는 대용품인 박스나 신문지를 구하기 쉽기 때문에 반드시 필요하지는 않다.

비와 햇빛을 피할 챙 달린 모자도 하나 챙겨놓자.

**식료품과 식수** : 인간의 생존을 위해서 반드시 필요한 물품이면서 동시에 피난 가방의 무게를 가장 많이 차지한다. 일단 식료품은 MRE 같은 미군 전투식량을 추천하지만 생각보다 무겁고 부피를 많이 차지한다. 이것보다 가볍고 입맛에 맞는 국군의 신형 전투식량을 추천한다. 이런 것들을 구하는 것이 여의치 않으면 무게를 많이 차지하지 않으면서도 열량이 높은 에너지 바나 초콜릿, 육포 같은 것들도 좋다. 조리가 필요한 라면이나 무거운 통조림 같은 것들은 일정장소에 머무르면서 사용할 것이 아니라면 휴대하지 않는 게 좋다. 만약 도심지가 아닌 야외거나 피난 기간이 길어진다면 불을 피울 버너와 음식을 데울 코펠이 필요하지만 도심지나 인근 지역에서는 반드시 필요하지 않다. 일단 비상사태가 발생하게 되면 식료품보다는 식수를 구하기 어려워진다. 식수는 흔히 구할 수 있는 작은 생수통을 몇 개 챙겨둔다. 그 밖에 정수기능이 있는 빨대나 알약도 구비해둔다. 미군들이 전쟁터에서 쓰는 카멜백도 좋지만 장기보관에는 적당하지 않고, 무거운 편이라 피하는 게 좋다. 피난 가방에 넣어둔 식료품과 식수는 글자 그대로 아무것도 구하지 못했을 때 쓰는 것이다. 따라서 극도로 아껴서 써야 한다.

**기타 휴대 물품** : 물티슈는 붕대 대용으로 쓸 수 있고, 제대로 썻지 못하는 경우 세척용으로 쓸 수 있다. 덕 테이프 역시 붕대 대용으로 쓸 수 있고, 구멍 난 옷이나 신발을 응급 처치하는 데 사용할 수 있다. 플라스틱으로 된 케이블 타이도 한 묶음 준비해두면 무기를 만들 때 큰 도움이 된다. 방진 마스크는 화재가 발생하거나 오염된 지역을 지나는 데 필요하다. 플래시는 야간에 이동하거나 건물 내부를 살펴볼 때 필요하다. 큼지막한 붉은색 플래시 말고 미국 슈어파이어 사의 전술플래시 중 작고 가벼운 것들을 구비하는 게 좋다. 물론 예비 배터리도 함께 챙기는 것을 잊지 말자. 그 밖에 가볍고 튼튼한 밧줄도 준비해두면 의외로 쓸모가 있을지 모른다.

식료품과 식수 이외에 인간의 생존에 반드시 필요한 것은 불이다. 방수 성냥을 추천하는 경우가 많지만 구하기 어려운 물건이다. 따라서 그것보다는 작고 가벼운 일회용 가스라이터가 효율적이다. 장기간이 될 경우를 대비해 금속끼리 마찰시켜서 불꽃을 일으키는 스타터도 하나 구비하자. 스타터로 불을 낼 때는 솜을 쓰는 게 가장 좋다. 멀티 툴이나 맥가이버 칼이라고 불리는 스위스 군용나이프는 각종 비상상황에서 유용하게 쓰일 수 있기 때문에 반드시 가지고 있어야 할 것.

그 밖에 호신용이나 작업용으로 튼튼한 나이프도 따로 챙겨두는 게 좋다. 나이프 중에는 도검소지허가가 필요한 것들이 있으니까 구입할 때 확인해야 한다.

반드시 필요한 것이 있다면 바로 라디오다. 좀비사태가 발생하면 전기가 통신망이 가장 먼저 끊길 가능성이 높기 때문에 외부와의 접촉이 차단된다. 이럴 때 외부의 정보를 들을 수 있고 상황을 파악할 수 있는 유일한 수단이 바로 라디오이기 때문이다. 작고 휴대가 간편한 라디오와 여분의 배터리는 반드시 챙기자. 휴대하기 좋은 쌍안경도 하나 있으면 이동하는 경로의 안전을 확인할 수 있다. 나침반과 지도, 휴대용 GPS는 탈출과정에서 유용하게 쓰일 수 있다. 도보로 이동하는 경우에는 방향과 현재 위치를 아는 것이 생존과 직결되기 때문에 반드시 필요하다. 구조요청을 할 때는 조명탄이 유용하지만 군인 신분이 아닌 이상 구하기 힘들기 때문에 호각 같은 것으로 대체하는 것도 좋다.

여기에서 언급한 물품들은 생존에 반드시 필요한 물품들이다. 이동이나 거점 확보에는 별도의 물품들이 더 필요하므로 이걸 마련했다고 안심하지 말고, 추가로 필요한 장비들을 구해놔야 좀비사태가 발생했을 때 슬기롭게 대처할 수 있다.

## 피난 장소

### 아파트

높은 층의 아파트가 좀비들로부터 안전하다는 생각을 하게 될 것이다. 좀비들이 엘리베이터를 이용하거나 가스배관을 타지 않는 한 올라올 일이 없으며, 설사 올라온다고 해도 두꺼운 철문을 뚫고 들어올 방법이 없기 때문이다. 하지만 높은 층은 화재나 기타 비상상황 시 탈출하는 데 어려움을 줄 수 있다. 명심해야 할 것은 좀비사태가 발생하게 되면 좀비 자체보다는 혼란스러운 상황 자체가 더 위험스러울 수 있다는 점이다. 좀비사태는 갑자기 터질 가능성이 높기 때문에 사람들이 가스를 제대로 잠그고 피난을 떠날 가능성은 적다. 따라서 전기와 수도의 차단은 물론, 화재 역시 경계해야만 한다. 만약 아파트 14층에 머물러 있는데 아래층에서 화재가 발생한다면 어떻게 대처해야 할까? 한걸음에 달려올 119 구조대도 없다. 복도에 연기가 가득한 상태에서 어찌할 바를 모르고 우왕좌왕하다가 화재 따위는 두려워하지 않는 좀비와 마주칠 수 있다. 그런 점을 제외하더라도 화장실이 막히고 냉장고가 작동을 중지한 아파트 안에서 당신이 버틸 수 있는 시간이 얼마나 될지는 미지수다. 또한 좀비들이 현관문을 밤낮으로 두들겨대고 괴성을 지르는

데 안에서 얼마나 편안하게 지낼 수 있을까? 좀비들이 쳐들어오면 무인경비 장치나 경비원은 아무 소용없다. 경보 시스템이 울려도 달려올 경비원도 없고, 로비를 지키고 있던 경비원도 가족들 곁으로 돌아갈 테니까. 만약 좀비사태가 초기에 진압될 가능성이 높다면 그냥 살고 있는 곳에서 하루 이틀 정도 버티는 것도 괜찮다. 하지만 재수 없게 당신이 사는 동네가 좀비사태의 진원지라면, 더 재수 없게도 그 정보를 모를 가능성이 높다. 그렇다면 당신은 오지도 않을 구조대를 기다리면서 헛된 나날을 보낼 수 있다. 최악의 경우 정부에서는 좀비사태의 확산을 막기 위해 발생 지역 자체를 봉쇄하거나 출입을 금지시킬 수도 있다. 그리고 그 안에 당신의 피난처가 있을 수도 있다. 따라서 고층 아파트는 좀비사태가 조기에 진화될 가능성이 높고, 안전한 피난 장소가 없을 경우를 제외하고는 피해야 한다.

**지방의 펜션이나 리조트**

좀비사태가 발생하면 대부분의 사람들은 일단은 인적이 드문 지방의 시골을 떠올린다. 하지만 가족이나 마음이 맞는 팀이 아무 연고도 없는 곳의 펜션이나 리조트를 빌려서 무작정 눌러앉는 방식은 위험하다. 역시 해당지역에 좀비사태가 발생할 경우 고립될 가능성이 높기 때문이다. 이런 펜션이나 리조트의 경우는 전망을 위해 베란다와 유리창을 크게 만드는 경향이 있다. 따라서 거주하는 층이 높지 않을 경우는 좀비들의 침입을 받을 수 있다. 아무리 안전한 장소라고 해도 일단 좀비들이 침입하면 위험해진다. 가지고 있는 식료품과 식수가 바닥날 경우 식료품을 구할 만한 마트가 주변에 없다면 어려움에 처할 수 있다. 또한 지리에 익숙지 않으면 식료품과 식수를 구하러 나갔다가 길을 잃고 헤맬 가능성도 높다. 가스와 전기가 끊기게 될 가능성이 높다는 점도 감안해야 한다.

### 주택 혹은 다세대 빌라

단층 혹은 3,4층으로 이뤄진 다세대 빌라 역시 도시지역에서 흔하게 볼 수 있는 거주형태다. 개인주택이든 다세대든 일단 1층은 피하는 것이 좋다. 문을 막는다고 해도 유리창까지 완전히 봉쇄하는 것은 불가능하기 때문이다. 안쪽에 가구나 침대를 대서 막는다고 해도 좀비들이 밀어내면 결국 침입을 허용하게 된다. 따라서 다세대의 2,3층이나 꼭대기 층을 이용하는 것이 좋다. 위급 시에는 바로 옆 건물로 옮겨갈 수 있도록 사다리나 널빤지 등 준비하도록 하자. 다세대 빌라는 위급한 상황이 발생해서 대피해야 할 경우 바로 이동할 수 있고, 큰길이나 아파트단지 같은 인구밀집 지역과 거리가 떨어져 있기 때문에 대규모 좀비들의 습격을 받을 가능성이 적다. 물론 식수와 전기가 끊기는 것은 마찬가지지만 도심지역은 이런 물품들을 구할 수 있는 상점이나 슈퍼들이 많이 있는 편이다. 또한 정부의 구호활동이 시작되는 곳도 도심지역이라는 점을 감안해야 한다.

### 교외지역의 주거지와 타운하우스

구체적으로는 파주 인근의 출판도시에 있는 헤르만 하우스 같은 경우다. 도심지역이 아니긴 하지만 집단 거주지이고, 도로 등으로 도시와 바로 연결되어 있기 때문에 접근성 역시 좋은 편이다. 도로는 좀비사태가 벌어지면 봉쇄되거나 혹은 피난을 떠났던 차들로 인해 막혀버릴 가능성이 높긴 하지만 오토바이나 자전거, 혹은 도보로 이동할 때 좋은 이정표 역할을 한다. 거주민들이 많이 있을 경우 심리적인 안정감을 찾을 수 있으며 정보의 교류 역시 빠른 편이다. 타운 하우스의 경우, 대부분 가까운 곳에 대형 쇼핑몰이 있어 식료품이나 식수의 확보도 쉬운 편이다. 하지만 대부분 단층 혹은 2층이며, 펜션처럼 베란다와 유리창이 많아서 방어에 불리하다. 따라서 이곳으로 피난할 경우에는 좀비들의 접근을 확인할 수 있는 경보체계를 세워두고, 감시가 불가능한 야간에는 좀더 안전한 피난처로 이동해야 한다.

### 상가와 사무실 같은 비거주형 건물

도심 한복판의 고층 사무실은 아파트와 같은 이유로 피해야 한다. 평소 사람들의 왕래가 많은 곳은 좀비들의 천국이 될 가능성이 높고, 큰길은 좀비들이 자주 이동할 가능성이 높기 때문에 바로 옆에 있는 건물들까지 위험하다. 더군다나 최근 건물들은 채광을 위해 1층을 비롯한 외벽의 상당수를 유리로 만들어놓은 상태다. 물론 강화유리라서 일반 유리보다 단단하기는 하지만 일단 피하는 게 좋다. 큰길에서 벗어난 상가나 사무실은 피난처로 적당하다. 물론 1층은 피하고 2층이나 3층을 선택해야 하고, 유사시 문이 아닌 다른 곳으로 빠져나갈 통로를 만들어놔야 한다.

### 대형 마트

좀비 영화 〈새벽의 저주〉에서는 생존자들이 자연스럽게 대형마트에 모이는 것을 볼 수 있다. 실제로 비상사태가 터졌을 때 식료품과 식수를 구할 수 있는 대형마트는 매력적인 피난처다. 식료품뿐만 아니라 각종 공구와 의류 등 생존에 필요한 모든 것들을 손쉽게 손에 넣을 수 있기 때문이다. 출입문을 비롯한 몇 군데만 막으면 좀비의 침입도 막을 수 있다. 하지만 그건 거기에 당신 혹은 당신 일행만 있을 때의 얘기다. 대형 마트는 평상시에도 사람들이 북적거리는 곳이다. 좀비사태가 터졌을 때 텅 비어 있을 가능성은 별로 없다. 거기다 오도 가도 못하던 사람들이 무작정 들어오게 되면 대형 마트는 안락한 피난처가 아니라 아비규환의 난장판이 되어 있을 가능성이 높다. 이런 피난민들 가운데 운다나 바이러스에 감염된 사람이 한 명이라도 있다면 당신은 자기 발로 무덤으로 걸어간 셈이다. 아무도 없는 곳을 선점했다고 해도 대형 마트로 피난을 가야겠다고 생각하는 게 당신 혼자만이 아닌 이상 또 다른 사람들도 몰려들 것이 뻔하다. 초기에는 공존이나 불편한 동거로 시작한다고 해도 경쟁자들이 늘어난다면 갈등이 심해질 게 뻔하다. 또한 대형 마트는 대부분 창문이 없다. 따라서 전기가 들어오지 경우 안은 대낮에도 어둡다. 만약 좀비가 안으로 들어오게 되면 큰 피해가 발생할 가능성이 높다. 그게 아니라고 해도 안에 있던 피난민들이 실수 혹은 고의로 화재를 일으킬 수도 있다. 이런저런 점을 감안하면 대형마트는 이동을 위한 초기 피난처 정도로 생각하는 게 좋다. 물론 피난민들이 없고, 좀비들이 나타나지 않는다면 굳이 떠날 필요가 없다.

### 여객선을 비롯한 배

호주 프리덤 워치에서는 여객선을 거점으로 활용할 것을 제안하고 있다. 육지와는 다리 하나만 연결해놓고 언제든 출항할 준비를 해놓은 상태에서 좀비들이 나타나면 즉시 떠나면 안전하다는 얘기다. 호주 프리덤 워치에서는 노아 프로젝트라는 이름으로 거점으로 활용할 만한 배를 찾아보고 있는 중이다. 페루 프리덤 워치에서도 대형 여객선에 인원과 물자를 싣고 몇 달 동안 바다 위에서 좀비사태를 피하는 방법에 대한 논의를 진행 중이다. 하지만 배를 움직이기 위해서는 노련하고 경험 많은 승무원과 연료가 필요하다. 많은 준비를 하지 않으면 실행에 옮기기 불가능한 얘기다. 또한 배 안에 운디나 바이러스에 감염된 사람이 한 명이라도 생긴다면 큰 위험에 빠질 수 있다. 태풍 같은 자연재해도 문제가 될 수 있다. 하지만 이런 문제점만 해결된다면 해상은 좀비의 위협에게서 상당히 안전한 편이다. 또한 프리덤 워치 본부에서도 대형 여객선을 이용한 탈출과 이동은 좀비 아포칼립스 상황에서 매우 유용한 생존법이라고 밝혔다. 너무 먼 바다로 나가지 말고 육지의 관측할 수 있을 만한 해안가에서 머물며 상황을 파악할 것을 주문했다. 이때 주의할 점은 닻줄을 타고 좀비들이 올라올 수 있으니 24시간 경비를 서야 한다는 것이다.

거듭 얘기하지만 초기 대응이 생존율을 높이는 결정적인 요

인이 될 것이다. 당신이 그 희생자 명단에 들어가지 않기 위해
서는 평상시에 준비를 해둬야

여기까지만 만들어졌는지 매뉴얼은 그게 끝이었다. 시간 낭비를 했다는 생각에 짜증이 나자 매뉴얼을 구석에 던져 넣었다. 문 닫을 시간이 되고 손님들이 뜸해지자 나는 재빨리 마감할 준비를 했다. 4년 동안 다니던 직장을 때려치우고, 꿈에 그리던 카페를 인수했다. 상수동이긴 했지만 큰길에서 안쪽으로 들어와야 하는 골목 끝 2층이라는 불리한 위치 때문에 생각보다 저렴했다. 고민 끝에 나는 가진 돈을 탈탈 털고, 부모님과 여동생의 도움까지 얻어서 카페를 열었다. 골목길 안쪽의 제법 큰 3층짜리 상가 제일 모서리에다 출입문도 작은 계단으로 올라와야 해서 아는 사람만 올 수 있는 곳이었다. 그 때문인지 카페의 매출은 늘 손익분기점을 오르락내리락했다. 덕분에 아르바이트를 쓰는 건 꿈에서나 가능했다. 상수동이라는 장점이 있긴 했지만 구석진 골목에 있었고, 결정적으로 2층인 탓이었다. 결국 아침 10시부터 밤 11시까지 꼬박 혼자서 일해야만 했다. 커피머신을 청소하다 저도 모르게 하품을 하면서 중얼거렸다.

"눈 딱 감고 아르바이트를 구할까?"

하지만 아들을 위해 부산의 아파트를 팔고 고향인 경산으로 내려가시면서 돈을 보태준 부모님이 떠올랐다. 거기다 진도로 시집간 여동생도 남편 몰래 모아놓은 돈이라며 적지 않은 돈을 보내줬다. 내 몸 편하자고 가족들 돈을 낭비할 수는 없었다.

잠을 쫓기 위해 고개를 흔들고 아까부터 켜놓은 스마트폰 뉴스에 귀를 기울였다. 서울 인근 지역에서 발생한 인수공통전염병이 빠른 속도로 확산되고 있어서 주의를 요한다는 내용이었다. 이어서 살 처분 되는 돼지와 닭의 숫자가 나오고, 눈물 뚝뚝 흘리는 주민들의 인터뷰도 이어졌다. 뉴스를 보도한 아나운서는 해당지역에서 이상한 소문까지 돌고 있다면서 정부당국의 빠른 조치가 필요하다는 것으로 멘트를 마무리 지었다. 뉴스를 귓등으로 흘리고 청소를 마무리하며 간판의 불을 끄고 가방을 챙겼다. 무인 경비장치를 가동한 다음 카페 문을 닫았다. 연희동의 원룸까지는 걸어서 20분. 가방을 챙기고 가로등이 켜진 거리를 걸어갔다. 나는 지친 발걸음으로 반지하 원룸에 도착한 가방을 내팽개치고 침대에 벌렁 누웠다. 잠깐 숨을 고른 다음 도로 일어나서 PC를 켰다. 화장실에서 잠깐 씻고 컴퓨터 앞에 앉아 가방 안에 든 월간 커피를 꺼냈다. 안에 함께 들어 있던 프리덤 워치의 매뉴얼과 멀티 툴도 책상 구석에 밀어 넣었다. 월간 커피를 뒤적거리다가 바리스타의 꿈이라는 인터넷 카페에 접속했다. 나처럼 소규모 카페를 운영하거나 할 예정인 회원들은 오늘 하루 겪은 일들을 올려놨다. 주로 진상 손님에 관한 얘기들이었다. 오늘 본 프리덤 워치 회원들에 대해 쓸까 고민하다가 하단에 뜬 뉴스를 봤다. 오후에 종로에 추락한 헬기에 관한 브

리핑이 아직 이뤄지지 않고 있으며, 부상자가 후송된 병원이 방역을 이유로 폐쇄조치가 내려졌다는 것이다. 아까 낮에 카페에서 본 뉴스를 떠올리며 고개를 갸웃거렸다.

"설마……"

피식 웃으며 PC를 끈 다음 침대에 누워 잠을 청했다.

그리고 다음 날, 좀비들이 나타났다는 충격적인 소식을 듣게 된다.

# 2장

대피
## 경고부터 확산 단계까지

## 5월 12일 오전 8시 33분, 연희동 반지하 원룸

스마트폰을 집어넣은 나는 걱정이 돼서 큰길 가로 나왔다. 큰
길 모서리에 있는 화장품 가게에서는 평상시에 들렸던 유행가
대신 딱딱한 목소리가 흘러나왔다.

"국민 여러분. 현재 서울 시내에 신종바이러스가 급속도로
퍼지고 있습니다. 공기 중에 전파되기 때문에 외출을 삼가시고
집에 계시기 바랍니다. 다시 알려 드립니다……"

얘기를 들자마자 나는 그대로 얼어붙어버렸다. 공기 중에 전
파되는 신종바이러스라니……. 그러고 보니 길거리에 사람들
도 없고, 간혹 보이는 사람들은 봄에 어울리지 않게 죄다 마스
크로 입을 가린 상태였다. 어떻게 할까 고민하다 후들거리는

다리를 끌고 카페로 돌아왔다. 집까지 20분 정도 걸어가야 하는데 도무지 용기가 나지 않았다. TV는 온통 신종바이러스에 관한 뉴스로 도배된 상태였다. 물론 충분히 주의하면 전염되지 않고, 사망률도 높지 않으니 너무 걱정하지 말라는 논조였다. 매뉴얼의 첫 번째 챕터에 나온 징후와 유사했다.

SNS는 난리가 났다. 북한의 소행이라는 얘기부터 온갖 소문들이 떠돌았다. 나는 카페의 도어락이 제대로 잠겨 있는지 다시 확인했다. 그리고 화장실로 가서 세면대의 수도를 틀어서 빈 통에 물을 받고, 냉장고와 쇼케이스가 제대로 돌아가는지 확인했다. 뉴스는 신종 바이러스로 도배가 되었지만 안심하라는 얘기만 반복했다. 트위터와 페이스 북으로는 온갖 얘기들이 오가고 있었지만 나의 눈길이 멈춘 것은 폐쇄된 병원에서 사망 판정을 받은 시신이 다시 생체반응을 보였다는 내용이었다. 두 시간 전에 누군가 리트윗한 내용이 엄청난 속도로 번져나갔다. '헐 좀비임? 총이 어디 있더라?'라는 농담조의 반응들이 대부분이었지만 더 이상 읽지 못했다. TV에서는 국무총리 명의의 담화문이 발표되었다. 사태가 심각하지만 정부를 믿고 동요하지 말아달라는 내용이었다. 그 얘기를 듣는 순간 나는 프리덤 워치의 좀비 대응 매뉴얼에서 봤던 한 구절을 떠올렸다.

"TV에 전문가 혹은 정치인들이 나와서 구체적인 상황 설명

없이 안심하라고 얘기한다."

　오픈할 시간이 지났지만 불을 끄고 창가의 블라인드를 내렸다. 겨우 주변을 돌아볼 수 있을 정도로 어두워졌지만 개의치 않았다. 또 뭘 해야지 하고 고민하던 나는 별안간 울린 벨소리에 깜짝 놀랐다. 어머니였다. 서둘러 걱정스러워하는 어머니를 다독거렸다.

　"가게에 나와 있어요. 괜찮으니까 염려마시고 문단속 잘 하세요."

　계속 안심하라는 얘기만 하던 나는 밖으로부터 비명 소리를 들었다. 서둘러 통화를 끝내고 블라인드를 걷자 골목길 밖의 큰길 가에서 사람들이 이리저리 도망쳐 다니는 것이 보였다. 드디어 우려했던 일이 터진 것이다. 숨이 탁 막혔다. 아래층에 있는 일본라멘집의 뚱땡이 사장이 큰길 가로 걸어가는 게 보였다. 호기심 때문인 것 같은데 고민하다 창문을 살짝 열고 소리쳤다.

　"아저씨! 가지 마세요."

　걸음을 멈추고 두리번거리던 뚱땡이 사장은 고개를 살짝 내민 나를 보고 피식 웃었다.

　"금방 보고 올 테니 걱정 말아요."

　말릴까 하다가 포기하고 창문을 닫았다. 곧장 빈 찬장에 넣어둔 가방을 꺼냈다.

"뭘 해야 하지? 마실 거랑 먹을 거부터 챙겨야 하나?"

다행스럽게도 쇼케이스에는 그 비싸다는 에비앙 생수부터 다양한 마실 거리들이 있었고, 며칠 동안은 샌드위치나 와플로 버틸 수 있을 것 같았다.

"맞아. 라디오가 있어야겠다."

라디오를 어디서 구할까 고민하던 나는 길 건너편의 다이소를 떠올렸다. 지난주에 슬리퍼를 사러 갔다가 작은 라디오를 본 기억이 났다. 하지만 아까의 비명 소리를 들으니 쉽사리 결정을 못 내렸다. 차라리 멀리 도망쳐버릴까 고민하다 중얼거렸다.

"일단 나가서 라디오랑 건전지 산 다음에 괜찮으면 버스나 지하철 타고 나가보지. 뭐."

휴대폰과 지갑을 챙겨 카페 문을 닫고 밖으로 나갔다. 골목길은 물론 큰길 가도 어제보다 인적이 더 없어졌다. 항상 아가씨가 마이크를 차고 나와서 손님들을 끌던 화장품 전문점도 셔터가 내려진 상태였다. 다행히 다이소는 영업 중이었다. 유리문을 열고 안으로 들어가 곧장 2층으로 올라가서 라디오를 찾았다. 다행히 손에 들고 다닐 수 있는 소니제 소형 라디오가 바로 눈에 띄었다. 나는 배터리도 몇 묶음 집어 들고 카운터로 향했다. 어두운 표정으로 누군가와 통화하던 카운터 아가씨가 계산을 하고 비닐봉지에 넣어주었다. 카드로 계산을 마치고 곧장 밖으로 나와 카페로 가는 골목길과 큰길 가로 나가는 갈림길 사이에서 주저하다가 큰길 가로 나갔다.

　머릿속으로 온갖 생각을 하며 큰길 가로 접어든 순간, 도로를 달리던 버스가 정류장을 그대로 들이받았다. 옆으로 뒤집혀진 버스에서는 검은 연기가 꾸역꾸역 흘러나왔다. 근처 쇼핑몰 입구에서 쏟아져 나오는 사람들이 보였다. 다들 공포에 질린 얼굴들이었다. 나는 곧장 돌아서서 카페로 뛰어갔다. 숨을 헐떡거리며 계단을 올라가 도어락을 잠그고 문 앞에 주저앉았다. 5월인데도 추위가 느껴졌다. 문에 기댄 채 울먹거리던 내 귀에 자동차의 급브레이크를 밟는 소리와 함께 뭔가 와장창 부서지는 소리가 들렸다. 한참을 그렇게 쪼그리고 앉아 있다 떨리는 손으로 스마트폰을 꺼내들었다. 뉴스는 아까 봤던 내용들을 앵무새처럼 반복했지만 SNS는 시체들이 돌아다닌다는 얘기부터 종말의 시작, 휴거의 증거라는 말까지 난리가 난 상태였다. 좀비가 나타났다는 소식도 여기저기서 튀어나왔다. 다시 부산에 있는 집에 전화를 했지만 네트워크 사용량 초과라는 말과 함께 통화중지 표시가 떴다. 마산에 있는 동생에게 메시지를 보냈지만 역시 전송이 되지 않았다. 나는 계속 스마트폰을 만지작거리다가 결국 의자에 힘없이 주저앉았다. 밖에서는 계속 비명 소리와 부딪치는 소리들이 들렸다. 하루 만에 세상이 완전히 미쳐버린 것이다.

얼마쯤 지났을까? 갑자기 찾아온 오한에 무릎담요를 어깨에 망토처럼 둘렀다. 바깥에서는 간간히 비명 소리와 충돌음이 들려왔다. 창가 쪽으로 기어가 조심스럽게 골목길 밖 큰길 쪽을 쳐다봤다. 좀비인지 사람인지 모를 그림자들이 바쁘게 오가는 게 보였다. 뭔가 해야 한다는 생각이 계속 들었지만 머릿속은 술에 취한 것처럼 어지럽기만 했다. 정신을 차리라고 계속 되뇌었지만 몸은 계속 카운터에서 화장실로 오락가락했다. 소리라도 지르면 정신을 차릴 것 같았지만 그랬다가는 사람이 있다는 걸 들킬 것만 같았다. 스마트폰을 다시 켰지만 인터넷까지 끊겼는지 아무것도 뜨지 않았다. 설상가상으로 전기선에 문제가 생겼는지 쇼케이스가 꺼져버렸다. 잠시 후 다시 불이 들어오긴 했지만 얼른 충전기를 찾아서 스마트폰에 끼웠다. 오후가 되면서 드디어 전기가 완전히 나갔다. 바깥에서는 계속 비명과 충돌 음이 들려왔고 기분 나쁜 침묵이 뒤따랐다. 진정하기 위해 쇼케이스 안에 넣어둔 에비앙 생수를 꺼내 한 모금 마셨다. 겨우 진정이 되어서야 아까 사온 라디오 포장을 허둥지둥 뜯고 함께 사온 배터리를 끼워 넣었다. 이리저리 주파수를 맞춰봤지만 그냥 음악만 나왔다. 포기할 즈음 굵직한 아나운서의 목소리가 들렸다.

"오늘 오후 3시 20분, 대통령께서 국방부 장관의 건의를 받아들여서 통합방위사태를 선포했습니다. 이에 따라 서울시와 경찰, 군은 통합방위위원회를 구성합니다. 통합방위위원회는 신종 바이러스가 급속하게 퍼지고 있는 서울시를 통제할 예정입니다. 시민여러분께서는 적극 협조해주시기 바랍니다. 오후 4시에 통합방위위원회에서 긴급 기자간담회를 가질 예정이며, 그리고 대통령께서 긴급담화문을 통해 자신이 헬리콥터를 타고 서울을 빠져나갔다는 소문은 낭설임을 밝혔습니다."

볼륨을 낮춘 라디오를 창가와 멀리 떨어진 카운터에 가져다 놨다. 예전 춘천 102보충대에 들어가기 직전의 기억이 나자 심장이 요동쳤다. 문득 하루 종일 아무것도 먹지 못했다는 사실을 깨닫고 작동을 멈춘 냉장고에 있는 재료들을 꺼내 햄을 비롯한 재료들을 가득 넣은 샌드위치를 만들었다. 불을 끄고 블라인드를 내린 어두운 카페의 기분 나쁜 침묵에 목이 막혔지만 우걱우걱 씹어 먹었다. 라디오 소리에 배가 불러오자 공포감이 조금씩 가라앉았다. 라디오에서는 계속 통합방위위원회의 포고령이 흘러나왔다. 신종바이러스가 서울 강북지역을 중심으로 급속하게 퍼지고 있으며 감염자들이 대단히 공격적이기 때문에 접촉을 피해야 한다고 몇 번이고 주의를 줬다. 군대가 출동해서 질서를 잡기 위해 노력 중이지만 시민 여러분의 협조가 절대적이라는 말도 덧붙였다.

해가 떨어질 무렵부터 메아리처럼 총성이 들렸다. 그리고 헬기가 날아가는 소리도 들렸다. 밤이 깊어지면서 총소리를 비롯한 폭음들이 이어졌다. 계속 같은 얘기가 나오자 짜증이 났다. 나는 라디오를 끄고 밖을 내다봤다. 해가 떨어질 기미를 보이는 골목길 입구에서 어슬렁대는 좀비가 보였다. 노란색 후드 티에 통이 넓은 청바지 차림의 좀비는 새까맣게 변해버린 얼굴을 좌우로 흔들어댔다. 골목길 안쪽은 막다른 곳이기 때문에 일단 들어오면 이리저리 돌아다닐 게 뻔했다. 그때서야 좀비를 막을 만한 것이 허술한 나무 문 하나뿐이라는 사실을 깨닫자 허둥지둥 카페의 문을 몸으로 막고 문고리를 꽉 움켜쥐었다. 다시 창가로 다가가 좀비가 어디까지 왔는지 봤다. 노란 후드티를 입은 좀비는 느린 걸음으로 골목을 들어와서는 이리저리 휘저었다. 그러다 아래층 일본 라멘집에서 세워놓은 나무 입간판에 걸려 넘어졌다. 좀비는 천천히 일어나더니 도로 골목길 밖으로 걸어 나갔다. 참았던 한숨을 쉬고 1층 셔터를 내리기 위해 살짝 문을 열었다. 자물쇠는 없었지만 일단 셔터만 내려놔도 좀비가 열고 올라오지는 못할 것 같았다. 조심스럽게 계단을 내려가 셔터를 잡아당겼다. 오랫동안 쓰지 않은 탓인지 녹슨 셔터는 삐걱거리기만 할 뿐 내려오지 않았다. 마음이 급해지자 거의 매달리다시피 해서 힘껏 잡아당겼다. 하지만 살짝 내려올 뿐 요지부동이었다. 나는 문을 여는 데 열중하느라 역한 냄새를 뒤늦게 느꼈다. 오픈 초기 구걸을 위해 들어온 노숙자의 냄새와 비슷했다. 무심코 골목길 쪽으로 고개를 내밀다 노란 후드티를 입은 좀비와 눈이 마주쳤다. 돌아간 줄 알았는데…….언제 돌아왔는지 몰랐다. 깜짝 놀라 뒷걸음질을 치다 계단에 걸려 넘어졌다. 다시 일어나려고 했지만 다리가 말을 듣지 않았다. 계단에 기대 버벅대는 사이 노란 후드티를 입은 좀비가 입구를 막았다. 마지막이라는 생각에 눈이 감겼다. 그 찰나, 수박이 부서지는 것 같은 소리와 함께 좀비의 머리가 터져나갔다. 머리가 사라진 좀비는 옆으로 쓰러졌다. 어안이 벙벙해진 나의 눈에 1층 일본 라멘집 뚱땡이 사장이 보였다. 숨을 헐떡거리던 뚱땡이 사장은 쓰러진 좀비의 뒤통수에 박혀 있는 네모난 칼을 내려다보면서 중얼거렸다.

"아씨, 아까운 칼 버렸네."

뒤통수에 칼이 박힌 채 쓰러진 좀비와 뚱땡이 사장을 번갈아 바라보던 나는 가까스로 정신을 차리고 일어났다.

## 생존 매뉴얼 – 탈출 준비

좀비사태 발생 2일차를 맞았다. 아직도 실감이 나지는 않지만 거리에는 좀비들이 돌아다니고 있다. 프리덤 워치에서 말한 마캉달의 좀비인지는 확실하지 않지만 확실히 인간을 공격하고 있으며 위험한 존재임은 확실하다. 이들을 피해 안전한 곳으로 탈출하기 위해서는 무엇을 해야 할까? 어제와 오늘 겪었던 경험들을 바탕 삼아 정리한다. 이것이 남겨질지는 모르겠지만 나의 가족과 당신이 이걸 바탕으로 위기를 벗어날 수 있기를 바란다.

### 안전한 거점 만들기

피난 장소는 익숙한 장소여야 한다. 안전한 곳이라고 생각해서 무작정 낯선 곳에 들어갔다가는 약탈자로 오해받기 쉽다. 또한 다른 생존자(좀비사태에서 살아남은 인간들을 지칭한다. 막상 겪어보니 그렇게 반갑지만은 않았다.)들이 있는 경우 갈등이 벌어질 가능성이 높다. 좀비사태가 벌어지면 좀비도 위험하지만 약탈자들은 물론 다른 생존자들도 당신을 위험에 빠트리게 할 수 있다는 점을 잊지 마라. 당신이 있는 곳이 피난장소에 적합하지 않다 해도 충분한 준비만 한다면 안전한 거점으로 탈바꿈시킬 수 있다. 단, 가급적이면 방어나 탈출이 어려운 1층이나 지하는 피해야 한다. 일단 거점을 확보하면 가장 먼저 할 일이 좀비 혹은 약탈자들이 쳐들어오는 것에 대비해서 비상 탈출 루트를 마련하는 것이다. 2층 이상의 상가나 다세대 주택의 경우 옥상에 옆 건물로 이동할 수 있는 널빤지나 사다리를 갖다놓는 것이 좋다. 아니면 길에서 벗어난 쪽이 창문을 깨끗하게 뜯어내고 아래로 뛰어내리는 방법도 있다. 이때는 떨어질 충격에 대비해 아래쪽에 이불이나 매트리스를 미리 가져다놓도록 한다. 탈출구 앞에는 첫 번째 챕터에서 얘기한 피난가방을 준비해 바로 들고 갈 수 있어야 한다. 대피루트를 만드는 것과 동시에 거점을 안전하게 방어할 준비도 한다. 가장 좋은 방어는 사람이 살지 않는 것처럼 꾸미는 것이다. 불빛이나 소리가 나지 않는 이상 좀비들이나 좀비사태를 맞이해서 활개 치는 약탈자(글자 그대로 폭력에 의지하는 사람들. 어쩐지 많이 생길 것 같다.)들의 시선을 피할 수 있기 때문이다. 반면 안에 생존자가 있다는 것이 밝혀지고 공격자가 공격을 포기하지 않는다면 거점은 큰 위험에 노출되는 셈이다. 그러니 일단 사람이 거주하지 않는다는 인상을 심어줘야 한다. 불빛이나 소리가 밖으로 나가지 않도록 최대한 주의하고, 추운 겨울이 아니라면 외벽에 살짝 불을 질러 사람이 살지 않는 것처럼 만든다. 추운 겨울이 아니라면 유리창을 깨뜨리거나 급하게 피난을 간 것처럼 주변을 어지럽혀 놓는다. 외국 좀비 영화에서 나오는 대로 창문을 널빤지로 못질을 해서 막거나 가구들을 가져다놓는 것은 피해야 한다. 우리나라에서는 그렇게 하면 오히려 눈에 더 띌 수 있다. 반면 거점이 상가나 사무실 같이 평상시 사람이 거주하지 않는 장소라면 이런 행동들은 오히려 눈에 띌 수 있으니 그냥 문을 잠가놓는 것 정도만 해야 한다. 가장 주의해야 할 것은 불빛이다. 전력이 차단 돼서 암흑이 된 상태라면 작은 불빛이라도 멀리 나갈 수 있다. 커튼을 쳐놓는다 해도 불빛이 새나갈 수 있으니 될 수 있으면 밤중에는 불을 켜지 말아야 한다. 소리 역시 마찬가지다. 사람은 공포가 극에 달하게 되면 저도 모르게 말이 많아지는 경향이 있다. 그러니 이 점을 충분히 주의해야 한다. 사소한 실수가 큰 위기를 불러올 수 있다는 점을 명심해야 한다.

거점이 공격당할 경우를 대비해서 어느 곳으로 피할지 미리 염두에 둬야 한다. 안 그러면 탈출 이후 길거리에서 방황하다 목표물이 될 수 있기 때문이다.

## 방어 장치

　이런 식으로 위장을 한다 해도 좀비나 약탈자들의 공격을 받을 가능성을 배제할 수는 없다. 이럴 때를 대비해 여러 준비를 해둬야 한다. 먼저 밝혀둘 것은 여기에서 말하는 방어가 영구적인 것이 아니라 당신과 일행의 안전한 탈출을 위해 시간을 버는 것을 말한다. 현실적으로 가장 좋은 방법은 바리케이드라고 불리는 장애물이다. 2층 이상을 거점으로 설정할 경우 가구나 책상, 의자 등으로 계단을 막아놓고 올라오지 못하게 하는 것이 가장 좋은 방법이다. 그리고 거기에 깨진 유리조각들을 뿌려놓으면 이중의 방어 장치가 완성된다. 바닥에 뿌려진 유리조각들은 신발 때문에 별 효과가 없지만 바리케이드 위에 뿌려진 것들은 장갑이 없으면 치울 수 없다. 거기다 유리가 바닥에 떨어지거나, 찔리면서 내는 비명 소리는 위험을 알리는 경보장치로써도 효과가 좋다. 철조망이나 피아노줄 같은 것들은 방어력을 배가시킬 수 있지만 구하기도 어려울뿐더러 제대로 설치할 장비가 없으면 무용지물이다. 물론 평상시 출입이 불편할 수는 있겠지만 안전을 위해 이 정도는 감수해야 할 것. 화염병 같은 무기는 일단 제외하자. 공격자는 바깥에 있지만 당신은 안에 있다. 화염병의 불이 잘못해서 거점으로 옮겨 붙는다면 오히려 큰 위험에 처할 수 있다. 화염병을 만들 병이 있다면 차라리 돌과 함께 모아두었다가 거점에 쳐들어오는 좀비나 약탈자들에게 던지는 것이 좋다. 방어에 유용한 장비로는 소화기가 있다. 분말이나 액체 소화기 같은 경우 눈을 가리는 연막 효과를 낼 수 있기 때문에 거점으로 쳐들어오는 약탈자나 좀비를 막는 데 유용하다. 다 쓴 소화기를 잘 겨냥해 던진다면 좀비 한두 마리 머리통쯤은 쉽게 부술 수 있다. 단, 약탈자에게 쓰면 다시 주워 집어 던질 수 있으니까 주의해야 한다. 소화기는 분사 시간이 짧고 무겁다는 단점이 있어 휴대는 어려우니까 거점 방어에만 쓰고 이동할 때는 미련 없이 버려라.

## 거점에서 생활하기와 이동준비

자, 안전한 거점이 마련되었다면 이젠 구조대를 기다리면 될까? 당신이 영화나 드라마의 주인공이 아니라면 좀비사태 한복판에서 구조대와 마주칠 확률은 극히 적다. 구조대는 숫자가 적고, 이런 저런 일로 매우 바쁘기 때문에 당신을 챙길 여유가 없을 것이다. 그렇다면 거점에서 사태가 진정되는 것을 기다리는 건 어떨까? 역시 미안한 얘기지만 당신이 있는 곳이 대형 마트가 아니라면 식료품과 식수는 곧 바닥날 것이다. 좀비 영화나 소설에서는 잘 나오지 않지만 위생문제도 있다. 화장실이 막힌 상태에서 대소변 처리문제는 상당히 곤란해진다. 거기다 좀비사태의 초기 충격에서 벗어나 본격적인 봉쇄와 차단이 실시되면, 감염을 우려해서 감염지역(이번사태가 일어난 서울처럼 좀비들 때문에 통제가 불가능해진 지역들을 지칭한다.)으로의 진입을 차단할 가능성도 높아진다. 거점에서의 생활은 사태 발생 초기의 혼란이 가라앉을 2,3일에서 1주일 사이가 적당하다. 그 이상이 되면 체력 고갈 등 여러 문제가 발생할 수 있기 때문이다. 따라서 거점에서의 생활을 안전지역으로의 탈출을 위한 준비 단계로 설정해야 한다. 안전지역으로 이동하기 위해서는 준비가 필요하지만 가장 중요한 것은 바로 '정보'다. 어느 지역이 위험하고, 어느 루트로 탈출해야 하는지 충분한 정보가 없다면 기껏 안전한 거점을 나와 좀비들의 품으로 뛰어드는 꼴이 될 것이다. 이동 루트는 면밀하게 검토하고 모든 위험성을 감안해야 한다. 미리 확보한 라디오를 통해 최대한의 정보를 확인한다. 봉쇄구역이 어디까지 설치되었는지 확인해보면 자연스럽게 탈출 루트가 나온다. 정부에서 탈출자들을 위한 지점을 선정하면 그곳으로 가는 게 좋다. 아니면 봉쇄지역 안에 대피소를 마련해 이곳으로 생존자들을 유도할 수도 있다. 확실한 정보를 획득하기 전에는 섣부른 이동은 금물이다.

도시지역은 잘 훈련된 군대도 위험에 빠트릴 수 있는 곳이다. 하물며 민간인 신분인 당신은 더 말할 나위도 없다. 그러니까 신중하게 생각하고 움직여야 한다. 이동을 위해서는 미리 준비해둔 피난가방과 튼튼한 신발이 필수다.

## 약탈자와 생존자

초반 혼란이 어느 정도 가라앉으면 운 좋게 좀비의 공격을 피한 소수의 인간들이 남아 있을 것이다. 이들은 둘로 나뉘는데 하나는 약탈자, 그리고 나머지 하나는 생존자들이다. 둘을 명확하게 나눌 수 있는 기준이 없기 때문에 더 위험하다. 약탈자는 말 그대로 다른 생존자들의 물품을 빼앗아서 자신의 생존을 영위한다. 이때 폭력을 동반할 가능성이 높기 때문에 어떤 측면에서 보면 좀비보다 위험하다. 1992년 LA 흑인폭동이나 2005년 파리 교외에서 벌어진 무슬림 청년 폭동 때 일어난 무정부상태를 연상하면 된다. 물론 우리나라에서는 아직까지 그런 일이 벌어지지 않았지만 좀비사태가 벌어지면 어떤 일이 나타날지 모른다. 따라서 거점을 방어하거나 이동할 때는 좀비 외에 인간들과의 접촉도 주의해야 한다. 약탈자가 생존자인 척 접근할 수 도 있기 때문이다. 하지만 거점을 방어하거나 이동할 때 교대로 감시를 하거나 엄호를 해줄 수 있는 동료는 필수적이다. 어느 정도 안면이 있으면 금상첨화지만 일단 믿을 만한 사람을 만난다면 동료로 만들어서 동행하자.

## 동료 만들기

좀비사태 속에서 홀로 살아남을 가능성은 극히 적다. 필요한 정보들은 모두 가지고 있지만 혼자서는 거점을 지키거나 이동할 때 주변을 충분히 살펴볼 수 없기 때문이다. 하다못해 부상을 입었을 경우, 치료해주거나 부축해주는 동료가 없을 경우 살아남을 가능성은 크게 떨어진다. 따라서 생존확률을 높이기 위해서는 정보를 제공하고, 훈련을 시켜야 한다. 어느 조직이건 리더가 있어야 한다. 좀비에 대해서 충분히 알고 있고, 준비해온 이가 적격이다. 잘 상기하고, 다른 이들에게 동의를 구해야 한다. 주의할 것은 윽박지르거나 강제로 할 경우 반감을 살 수 있기 때문에 시간이 걸리더라도 충분히 설득할 것. 일단 좀비 불신론자들의 경우 막상 좀비사태가 터져도 현실을 인지하지 못하는 경우가 많다. 따라서 정확하게, 반복적으로 사태의 심각성을 얘기하면서 설득해야 한다. 중요한 것은 다른 동료들이 불만을 가지지 않도록 적절히 일을 분배시키고, 어렵거나 힘든 일은 본인이 맡아서 해야 한다. 거점 방어나 이동에 적합한 동료들의 숫자는 리더인 당신을 포함해서 3~5명이다. 이 숫자를 넘을 경우 통솔 문제가 발생할 가능성이 높고, 내부 갈등이 벌어질 수도 있다. 동료들은 가급적 체력이 좋은 젊은 남성이 적합하지만 의외로 어린 아이나 노인들도 잘 보호해야 한다. 어린 아이나 노인들은 약탈자일 확률이 낮기 때문에 동료로 삼기 안전하다. 거점에서는 소리와 불빛을 내지 말 것을 주의시키고, 이동 중에는 대열 이탈을 금하도록 철저하게 주입시켜야 한다. 거점에서 생존자들을 만나 동료로 삼았을 경우 이동 준비에 필요한 도구를 만들거나 필요한 정보를 얻고, 외곽 경계를 맡긴다. 이동 중에 만났을 경우에는 약간의 거리를 두고 뒤따라오라고 하고, 충분한 주의를 기울인다.

"어디 숨어 있었어요?"

"화장실. 밖에 살펴보러 나갔다가 이상하게 생긴 놈들이 어슬렁대더라고. 그래서 이상하다 싶어서 가게로 돌아와서 문을 잠그려고 하는데 저놈이 돌아왔지 뭐야."

"아는 사람이었어요?"

"지난주까지 일한 주방장. 솜씨는 좋았는데 허구한 날 술 먹고 늦게 나와서 잘랐지. 다시 돌아오겠다고 하더니 정말 돌아왔네."

뚱땡이 사장은 옆으로 쓰러진 좀비를 내려다보며 말을 이었다.

"그대로 주방 옆에 있는 화장실에 들어가 문 걸어 잠갔어. 밖이 보이질 않으니까 문을 열 수가 있어야지. 내 몸에서 화장실 냄새 안 나지? 창문도 없는데다가 불도 꺼져서 죽는 줄 알았어."

뚱땡이 사장은 순식간에 말을 쏟아냈다. 나는 좀비들이 또 나타날지 몰라서 서둘러 말을 끊었다.

"2층에 제 카페는 안전해요."

"알았어. 여기서 잠깐 기다려."

뚱땡이 사장이 라멘집 안으로 들어가고 난 후 눈앞에 쓰러진 좀비의 시체를 어떡할까 고민했다. 결국 두 다리를 잡고 조심스럽게 반대쪽으로 끌고 갔다. 검은 핏물이 올봄 새로 깐 보도 블록 위에 짙은 흔적을 남겼다. 머리에 박힌 칼을 뺄까 말까 고민하는데 골목길 입구에서 웅웅대는 소리가 들렸다. 고개를 돌리자 한 무리의 좀비들이 몰려오는 게 보였다. 나는 라멘집에 대고 소리쳤다.

"사장님! 빨리 나와요. 놈들이 몰려와요."

얘기가 끝나자마자 뚱땡이 사장이 양손에 칼을 두 개씩 쥔 채 뛰쳐나왔다. 사장이 2층으로 올라가는 걸 보고 나는 셔터에 매달렸다. 기적적으로 셔터가 드르륵거리는 소리와 함께 밀려 내려왔다. 셔터가 내려온 것을 확인하자 뒤도 돌아보지 않고 계단을 뛰어올라갔다. 카페 문을 열자 뚱땡이 사장이 테이블을 번쩍 들어서 오는 게 보였다. 카페에 맞는 테이블을 고르느라 발이 부르트도록 가구점을 돌아다녔던 생각이 잠깐 머리를 스쳐지나갔지만 오래 생각할 여유가 없었다. 1층 현관의 셔터에는 벌써 좀비들이 들러붙었다. 뚱땡이 사장이 계단 아래로 던진 테이블은 철제 셔터에 부딪치면서 요란한 소리를 냈다. 의자를 집어 아래로 던졌다. 한 사람이 겨우 움직일 수 있는 좁은 계단은 순식간에 우리가 번갈아 던진 테이블과 의자에 막혀버렸다. 겨우 숨을 돌린 나와 뚱땡이 사장은 카페 안으로 들어갔다. 창문으로 내려다보자 좀비들이 더 몰려왔지만 철제 셔터 때문인지 위로 올라오지 못했다.

"나 화장실 좀 쓸게."

이마의 땀을 닦은 뚱땡이 사장이 곧장 카운터 옆 화장실로 갔다. 잠시 후 어마어마한 방귀소리와 함께 물을 내리는 소리가 들렸다. 화장실 문을 열고 나온 뚱땡이 사장이 겸연쩍은 표정으로 말했다.

"웃기지? 반나절 동안 화장실에 갇혀 있었을 때는 생각도 안 났는데 말이야. 그나저나 이게 어떻게 돌아가는 거야? 밖에 있는 놈들은 뭐고?"

"좀비들 같아요."

내 대답에 뚱땡이 사장은 얼굴을 찌푸렸다.

"좀비? 그거 영화에서나 나오는 거 아니야?"

"영화가 현실이 된 거죠."

적당한 대답이 없던 나는 대충 둘러댔다. 맞는 말이었다. 어제, 아니 아까 눈앞에서 보기 전까지는 믿고 싶지 않았다. 하지만 시커멓게 변한 얼굴에 핏발선 눈으로 유령처럼 거리를 걸어 다니는 존재들은 모두 현실이었다. 나와 똑같은 자세로 창가에서 아래쪽을 내려다보던 뚱땡이 사장의 배에서 꼬르륵거리는 소리가 들렸다.

"먹을 만한 거 좀 없을까? 화장실에 갇혀 있어 아무것도 못

먹었어."

"샌드위치 만들어드릴게요."

카운터 안의 주방으로 들어가 테이블 냉장고를 열었다. 작동이 중지된 냉장고 안의 채소들은 아직 먹을 만했다. 뚱땡이 사장과 함께 먹을 샌드위치 두 개를 만들면서 대충 재료를 살펴보자 샌드위치 여섯 개 정도는 만들 수 있을 것 같았다. 쇼케이스에 넣어둔 골든 애플 두 개를 꺼내 샌드위치와 함께 뚱땡이 사장이 앉아 있는 창가 쪽 자리로 갔다. 뚱땡이 사장은 샌드위치를 게 눈 감추듯 먹어치우고 골든 애플도 한 번에 다 마셔버렸다. 샌드위치를 반쯤 먹은 나는 창밖의 좀비들을 보고는 식욕을 잃었다. 좀비들이 철제 셔터를 밀어올리고 계단을 올라오지는 못하겠지만 우리가 문 밖으로 나가는 것도 불가능했다. 복잡한 심경으로 창밖의 좀비들을 바라보는 동안 뚱땡이 사장은 카페 안을 이리저리 둘러봤다.

"화사하네. 우리 가게는 매일 끓이고 볶아서 기름 냄새에 우중충했는데. 나도 라멘집 때려치우고 카페나 할까? 참 우리 통성명 했나? 노창석이야."

나는 두툼한 손으로 악수를 청한 창석의 손을 잡았다.

"나이가 많으니까 내가 형 할게."

창석의 너털웃음으로 대화는 마무리되었다. 내 공간에 낯선

이가 들어왔다는 거부감이 살짝 들었지만 동료가 생겼다는 안도감이 마음속에 더 크게 번졌다. 기운을 차리고 남은 샌드위치를 마저 먹어치우고 카페 문을 열었다. 테이블과 의자에 막힌 철제 셔터 너머에는 삶과 죽음의 경계선에 멈춰선 자들이 보였다. 며칠 전까지 평범한 사람들이었던 그들은 이제 평범한 사람들을 증오하는 좀비로 변했다. 창석의 말대로 영화에서나 있을 법한 일들이 눈앞에 벌어진 셈이다. 하지만 계단 아래의 셔터 너머에서 으르렁거리는 존재들은 분명코 사실이었다. 머리가 복잡해진 나는 도로 카페 안으로 들어왔다. 그 사이 창석은 의자를 몇 개 붙여놓고 몸을 뉘였다.

"이따가 일어나면 내가 망볼게. 잠깐 부탁해."

피곤했는지 창석은 곧바로 코를 골면서 잠에 빠져들었다. 아래층에 좀비들이 우글거리는데 잠을 청하는 배짱에 감탄이 나왔다. 나는 남은 테이블 하나로 문을 막고 의자를 갖다놨다. 좀비들이 몰려온 이상 어떻게든 탈출해야만 했다. 하지만 하나밖에 없는 문은 좀비들이 막고 있는 상태였다. 창문 밖도 골목길이라 뛰어내려봤자 좀비들의 눈을 피할 수는 없었다. 답답해진 나는 창가에 앉아서 라디오에 귀를 기울였다. 어제까지만 해도 직장에 다니거나 자기 가게를 꾸렸을 사람들이 좀비가 되어버렸다. 죽음보다 더 가혹하고 끔찍한 형벌인 셈이다. 골목길의 좀비들은 철제 셔터 앞에서 그르릉거리는 소리를 내는 중이다. 시체 썩는 것 같은 악취도 여전했다. 갇혀 있다는 불안감과 두려움 때문에 숨이 막혀왔다. 경산에 있는 부모님과 진도에 있는 동생이 잘 있는지도 궁금했다. 라디오에서는 서울을 봉쇄해서 외부로 확산되는 것을 막았다고 했으니 어느 정도 안심이 되기는 했다. 그때 라디오 생각이 났다. 나는 재빨리 테이블 위에 올려놨던 라디오를 켰다. 지직거리는 소리와 함께 음악이 흘러나왔다. 바깥의 좀비들이 내는 소리가 희미해졌다. 턱을 괴고 앉아 라디오에서 나오는 음악소리를 들었다. 그리고 나도 모르게 꾸벅꾸벅 졸았다.

지옥 같은 하루가 지나갔다. 해가 뜨고 잠에서 깨어난 후에도 별달리 할 게 없었다. 아래층 문 앞에서는 좀비들이 울부짖었고, 라디오는 안전한 곳을 피신하라는 내용만 앵무새처럼 반복했다. 이 난장판을 벗어나 안전한 곳으로 가야 할 것 같았지만 좀비들을 헤치고 나갈 자신이 없었다. 그러는 사이 저녁이 가까워졌다. 멍하게 앉아 있던 나는 뭐라도 해야겠다는 생각에 벌떡 일어났다.

"그래, 무기를 만들어야겠어."

하지만 총기는 당연히 없었고, 쓸 만한 나이프나 도끼도 없었다. 주방을 뒤져서 무기가 될 만한 걸 찾아봤지만 손바닥보다 작은 과도와 빵칼뿐이었다.

"뭐 해?"

걱정스러운 얼굴로 창밖을 내려다보던 창석이 물었다.

"무기를 만들려고 하는데 쓸 만한 게 없네요."

"저 칼이라도 써."

창석이 가게에서 가지고 나온 요리용 칼을 가리키면서 말했다. 그러자 머릿속에 퍼뜩 아이디어가 떠올랐다.

"창!"

나는 화장실로 가서 마대자루를 가져왔다. 그리고 서랍을 뒤져서 찾은 박스테이프로 노창석이 가져온 요리용 칼을 마대자루 끝에 붙였다. 하지만 박스테이프의 힘이 생각보다 약한지 칼이 계속 흔들거렸다. 카페 안에는 단단하게 묶을 만한 케이블 타이가 없었다. 거기다 마대 자루가 너무 가벼워서 그런지 균형을 잡기가 어려웠다. 적당한 걸 찾기 위해 두리번거리던 내게 창석이 걱정스러운 표정으로 말을 건넸다.

"이리 와봐."

창석은 나를 카페 문 밖으로 데리고 나갔다. 계단 아래 출입구의 철제 셔터가 절반쯤 뜯어진 것을 보고는 깜짝 놀랐다.

"이 카페 들어오기 전에 미용실이었을 때 도둑이 한번 든 적 있었거든. 그때 미용실 사장이 하도 지랄을 하니까 주인장이 셔터를 달아놓긴 했는데 날림으로 했나 봐. 아까 일어났는데 소리가 이상해서 나와보니 저렇게 됐더라고."

"얼마나 버틸 수 있을까요?"

내 질문에 창석이 고개를 갸웃거리며 대답했다.

"잘하면 내일 낮 정도?"

"저게 뜯겨져 나가면 의자나 테이블로는 저놈들을 못 막아요."

"어떡하지? 여기 말고는 나갈 데가 없잖아."

울상이 된 창석의 얘기에 나도 딱히 대답할 말이 없었다. 그러다 고개를 들어 계단 위쪽을 바라봤다. 1년 넘게 카페를 했으면서도 정작 위층으로는 올라가본 적이 없었다. 건물의 전체 크기와 주변 건물들을 머릿속에 떠올라 창석에게 물었다.

"옥상 올라가본 적 있으세요?"

창석이 대답했다.

"작년 가을에 물이 샜을 때 한 번 올라가본 적 있지."

"큰길 쪽에 있는 옆 건물 2층이랑 얼마나 떨어져 있어요?"

"1미터 정도? 거기로 넘어가자고?"

나는 고개를 끄덕거리며 말했다.

"준비한 다음에요."

"무슨 준비?"

"살아서 빠져나갈 준비요."

카페로 들어간 나는 서둘러 카운터 안 주방으로 향했다. 이 지옥 같은 곳을 빠져나가 가족들 곁으로 돌아가야겠다는 생각밖에 없었다. 먹을 것을 만들려고 냉장고를 뒤지다 주방 한쪽 구석에 있는 스테인레스 선반이 보였다. 나는 창대로 쓸 만한 걸 찾아냈다. 물건들을 내려놓고 선반을 넘어뜨려 멀티 툴로 조여져 있던 볼트를 풀었다. 순식간에 선반을 분해해서 기둥 네 개를 뽑아내 박스 테이프로 칼을 붙였다. 곁눈질로 지켜본 창석도 같은 방식으로 창을 만들었다. 확실히 무게감이 있는 탓인지 마대자루로 만든 창보다는 나아보였다. 하지만 박스 테이프만으로 고정시켜 심하게 흔들렸다. 임시로 만든 창을 휘둘러본 창석이 중얼거렸다.

"이걸로는 한 번밖에 못 찌르겠다."

"고정시킬 걸 찾아볼게요."

서랍들을 다 뒤져봤지만 고정시키기에 적당한 케이블 타이 같은 건 없었다. 고민하던 내 눈에 들어온 것은 카운터 벽에 장식으로 만들어놓은 미니 커튼이었다. 문을 열고 들어오면 카운터 안쪽의 주방 벽면이 그대로 보여서 작은 커튼들을 벽에 붙여놨던 것이다. 커튼을 잡아 뜯어 철사들을 뽑아냈다. 그리고 멀티 툴의 펜치로, 스테인레스 선반 기둥을 테이프로 감아놓은 칼 손잡이에 둘렀다. 몇 바퀴 감은 다음 펜치로 꽉 조이자 더 이상 흔들리지 않았다. 내가 작업하는 것을 본 창석이 감탄스러운 표정을 지었다.

"제법인데."

"나머지도 이렇게 만들어주시고 남은 테이프로는 미끄러지지 않게 손잡이를 만들어주세요. 그동안 저는 샌드위치를 만들게요."

"오케이."

라디오를 가지고 카운터 뒤편의 주방 안으로 들어가 냉장고의 재료들을 꺼내 샌드위치를 만들었다. 라디오에서는 여전히 음악만 흘러나왔다. 재료를 모두 꺼내놓고 살펴보자 대략 여섯 개 정도를 만들 수 있을 것 같았다. 쇼케이스에 든 에비앙 생수를 꺼내 올려놓고 등산을 갈 때 메고 처박아두었던 배낭을 꺼내면서 안에 뭘 넣을까 고민했다. 영화에서 보던 물건들은 구할 수가 없었다. 할 수 없이 카페 안에서 챙길 수 있는 것들을 우선적으로 넣었다.

"샌드위치 여섯 개에 생수 네 개 정도 넣고, 구급약 상자에 있는 붕대랑 알코올, 연고들을 넣어야겠다."

문제는 밖으로 나간 다음에 어디로 가야 하느냐다. 고민을 하면서 샌드위치를 만들고 있는데 음악만 나오던 라디오에서 갑자기 두꺼운 남자 아나운서의 목소리가 들렸다.

"통합방위위원회에서 알려드립니다. 현재 위원회는 감염지역 내부의 좀비들에 대한 소탕과 생존자 구출 작업에 최선을 다하고 있습니다. 위원회에서는 감염지역 내부의 생존자들을 구출하기 위한 거점들을 마련했습니다. 이 방송을 들은 생존자들은 가까운 거점으로 이동하시기 바랍니다."

우리는 하던 일을 멈추고 방송에 귀를 기울였다. 조마조마한 심정으로 듣던 중 귀에 익은 이름이 들렸다.

"합정동의 M타워……"

"M타워면 양화대교 앞에 있는 거 아냐?"

철사로 열심히 칼을 묶고 있던 창석이 물었다. 나는 고개를 끄덕거렸다.

"거기면 상수역 쪽으로 나가서 도로를 따라서 쭉 가면 한 시간이면 충분하잖아. 당장 가자."

들뜬 표정으로 얘기하는 창석을 향해 고개를 저었다.

"곧 해가 떨어져요. 가깝긴 하지만 도로라서 좀비들도 많을 거고요."

"하긴."

당장이라도 뛰쳐나갈 것 같았던 창석이 시무룩한 표정으로 대답했다.

"내일 아침에 해가 뜨면 여길 빠져나가요."

나는 일부러 쾌활한 표정으로 얘기했다. 그러자 창석도 웃으면서 고개를 끄덕거렸다.

샌드위치 여섯 개를 다 만들고 그 중 두 개를 골라 창석과 함께 나눠먹었다. 배낭 안에 넣어둘 물건과 어떻게 M타워까지 갈지 고민하자 머릿속이 복잡했다.

"길어봤자 반나절이니까 여분의 양말 같은 건 필요 없겠지? 구급약은 혹시 모르니까 챙겨가고, 물티슈는 있는 거 가져가고, 마스크랑 라이트는 없으니까 넘어가야겠네. 쓸 만한 플래시가 없네. 혹시 라이터 있어요?"

창석이 주머니에서 지포라이터를 꺼내 건네줬다.

"얼마나 쓸지는 모르겠지만 하나 있어. 근데 어떻게 이걸 다 챙길 생각을 했어?"

창석의 말에 나는 어젯밤에 쓰다 만 매뉴얼을 떠올렸다. 한 장밖에 완성되지 않았지만 그냥 배낭에 챙겨 넣었다.

"뭘 좀 본 게 있어서요. 도로 말고 M타워로 가는 가장 빠른 길이 어디예요?"

"당연히 그 옆길이지. 그 편의점 있고, 큰 고깃집 있는데."

창석의 설명에 나는 고개를 저었다.

"그 주방장처럼 인간이었을 때 자주 가던 곳으로 돌아온다면 평상시 사람들이 많던 곳에는 좀비들도 많다고 봐야 할 것 같아요."

"그 도로 건너편 옆길은 사람들이 덜 다녔어. 성산중학교 쪽 말이야."

"도로 폭은요?"

"2차선 도로에 양쪽에 다세대 빌라랑 상점들이 있지. 그 동네 사람들이 주로 다니는 길이야."

토박이 수준인 창석의 설명에 귀를 기울이던 나는 머릿속으로 이동 루트를 그려봤다. 문제는 여기서 상수역까지 가는 길이 통행량이 제법 많다는 것과 6차선 도로를 어떻게 무사히 넘어가냐는 것. 고민하던 나는 자리에서 일어나서 카운터 안의 머신 쪽으로 걸어갔다. 그리고 처음 바리스타를 시작할 때 구입했던 스페츌러와 한 달 전쯤 여자 손님이 놓고 갔던 작은 콤펙트 거울, 그리고 혹시 몰라서 구입했던 순간접착제를 가지고 나왔다. 콤펙트 거울을 쪼개 거울만 남기고 뒷면에 순간 접착체를 바른 다음 스페츌러의 끝 부분에 붙였다. 그리고 순간접착제가 마르는 것을 기다린 다음 제대로 붙었는지 몇 번 흔들어봤다.

"그게 뭐야?"

궁금해하는 창석을 카운터 옆에 세워두고 기둥 옆으로 돌아가서 콤펙트 거울이 붙은 스페츌러를 내밀었다. 거울이 생각보다 작아서 제대로 보이지는 않았지만 적어도 뭔가 있는 것은 확인할 수 있었다. 이게 있으면 골목길과 교차로를 건너갈 때 도움이 될 것 같았다. 나는 배낭 속에 남은 샌드위치와 생수를 넣고 이동 루트를 머릿속에 그렸다. 운이 좋다면 내일 아침에 출발해 점심 전에 M타워에 도착할 수 있다. 이런 저런 생각에 머리가 복잡하던 와중에 1층에서 거친 굉음이 들렸다. 놀란 우리는 카페 문을 열고 아래층을 내려다보았다. 철제 셔터가 거의 뜯겨져 나가 있었다. 통로에는 오전에 던진 테이블과 의자들이 있었지만 철제 셔터가 없는 이상 무용지물이었다. 나는 입을 딱 벌리고 서 있는 창석에게 말했다.

"들어가서 배낭이랑 창 가지고 나와야겠어요."

카페 안으로 들어가 매뉴얼을 배낭 안에 쑤셔 넣고 둘러맸다. 창석이 칼을 붙여 만든 창 두 자루를 들고 남은 두 자루를 건네줬다. 허둥지둥 문 밖으로 나오자 철제 셔터가 완전히 뜯겨져 나가고, 좀비들이 계단에 엉켜 있는 의자와 테이블을 뚫고 올라오려는 게 보였다. 나는 창석에게 소리쳤다.

"어서 올라가요."

3층으로 올라간 우리는 옥상으로 연결된 문을 열려고 했지만 굳게 잠겨 꼼짝도 하지 않았다. 파랗게 질린 창석이 문을 흔들었지만 요지부동이었다.

"어떡하지. 여기 말고는 옥상으로 나가는 문이 없는데."

아래층에서는 당장이라도 좀비들이 올라올 것만 같았다. 나는 카페 안에 있던 소형 소화기를 떠올렸다. 한걸음에 뛰어 내려가서 소화기를 들고 나오는데 눈에 계단을 반쯤 뚫고 올라온 좀비들이 보였다. 까맣게 변한 얼굴에 핏발 선 눈들은 하나같이 산 자들에 대한 증오로 가득했다. 나는 소화기의 안전핀을 뽑고, 노즐을 겨눈 다음 레버를 눌렀다. 하얀 분말이 쏟아져 나오면서 좁은 계단은 순식간에 연기로 가득 찼다. 빈 소화기를 들고 3층으로 올라가 창석과 함께 문을 부쉈다. 녹색 방수페인트가 칠해진 옥상으로 뛰어나와 2층짜리 옆 건물이 있는 쪽으로 달려갔다. 난간에서 옆 건물을 내려다보았다. 순간 머뭇거렸다. 건물 사이의 거리가 제법 멀어 보이는데다가 한 층이 낮다 보니 뛸 용기가 쉽사리 나지 않았다. 창석이 입을 벌린 채 중얼거렸다.

"성룡 정도는 돼야 뛸 것 같은데."

머뭇거리고 있는데 비상구로 좀비들이 올라오는 게 보였다. 하얀 소화기 분말을 뒤집어쓴 좀비들을 본 나는 창과 배낭을 건너편 건물에 던지고 난간 위에 올라섰다. 순간 균형을 잃고 떨어질 뻔했다. 간신히 숨을 들이쉬고 그대로 허공에 몸을 날렸다. 제대로 착지를 했지만 굽혀진 무릎에 얼굴을 정통으로 강타당해 그대로 뻗어버렸다. 뒤따라 뛴 창석도 바닥에 구르면서 고통스러워했다. 가까스로 정신을 가다듬자 우리를 쫓아온 좀비들이 떠밀려 건물 아래로 떨어지는 게 보였다. 괴성을 지르며 바닥으로 떨어져 몸이 부서지는 소리가 들렸다. 비틀거리며 일어나 배낭과 창을 챙겨들었다. 뒤따라 일어난 창석도 창을 집어 들면서 물었다.

"이제 어디로 가지?"

건물 아래쪽을 내려다보니 1층 카페의 차양이 펼쳐져 있었다. 나는 소리쳤다.

"저기로 내려가 건너편 골목으로 숨어요."

조심스럽게 난간에 매달려 아래쪽 차양으로 내려섰다. 삐걱대는 소리와 함께 차양이 늘어졌다. 어둠이 깔린 골목길에 아무도 없는 것을 확인하고 아래로 훌쩍 뛰어내렸다. 창석도 나와 같이 난간에 매달려 차양에 내려서는 찰나 2층 유리창이 깨지면서 여자 좀비가 두 팔로 창석을 움켜잡았다. 놀란 창석이 몸부림을 치면서 차양이 무너져버렸다. 창석과 함께 떨어진 여자 좀비는 머리가 박살났다. 나와 창석은 건너편의 좁은 골목길로 몸을 숨겼다. 한 사람이 겨우 지나갈 만한 좁은 길은 온통 어둠이 깔려 있었다. 왕래하는 사람들이 늘어나면서 동네 주민들의 지름길로 이용되던 골목길은 작은 가게들이 하나둘씩 자리를 차지한 상태였다. 바닥에는 이끼가 끼어 있었고 금이 간 담장은 그래피티로 가득했다. 골목길 모서리에서 뭔가 튀어나올 것 같다는 공포감이 들었지만 멈출 수가 없었다. 어느 정도 도망쳤다고 생각할 즈음 골목길 중간에 일반 주택을 개조한 '고기 사냥'이라는 간판이 붙은 고깃집이 하나 보였다. 반쯤 열린 대문을 보고 걸음을 멈췄다.

"여기 숨게?"

뒤따라오던 창석이 물었다. 나는 고개를 끄덕거리고는 안으로 들어섰다. 조용한 마당 한쪽에는 고기판과 숯들이 든 박스가 가득 쌓여 있었다. 현관 안으로 들어가려던 창석을 제지하며 잠깐 고민했다. 안에 좀비가 있는지 확인할 방법이 없었다. 고민하던 나는 주머니에서 스마트폰을 꺼냈다. 1분 후로 알람을 맞춰놓고 현관 안에 스마트폰을 내려놓고 구석의 박스 뒤에 창석과 함께 숨었다. 잠시 후 알람이 울리자 나는 손에 쥐고 있던 창을 꽉 움켜잡았다. 몇 분 동안 별다른 기미가 보이지 않자 스마트폰을 집어 들고 알람을 껐다. 불이 꺼진 현관문 안쪽은 어두웠다. 플래시가 없다는 점이 마음에 걸렸는데 창석이 지포 라이터를 켜 안쪽을 살펴볼 수 있었다. 나는 창을 겨누고 그릇이 가득 쌓인 주방과 화장실을 살펴봤다. 아무도 없는 것을 확인하고 2층으로 올라가자는 손짓을 했다. 나무 계단을 밟자 삐걱거리는 소리가 어두운 집 안에 울려 퍼졌다. 창을 움켜쥐고 2층으로 올라갔다. 불판이 있는 밥상들의 흐릿한 실루엣과 앞치마들이 주렁주렁 걸린 옷걸이들이 보였다. 지포라이터의 불빛에 의지해 2층 구석구석을 살펴본 다음에야 안심하고 배낭을 벗어 구석에 세워놨다. 그리고 불판이 있는 밥상들을 옮겨 계단을 막아버렸다. 창석이 2층 주방 쪽을 살펴보러 가는 사이 베란다 문을 열고 밖으로 나간 우리는 옆집과의 거리와 담장을 넘어갈 수 있는지 살펴봤다. 좀비들이 쳐들어오면 담장을 밟고 옆집으로 넘어갈 수 있다는 판단이 서자 어느 정도 안심이 되었다. 베란다에 서서 바깥을 살펴보고 있는데 갑자기 창석의 비명 소리가 들렸다. 놀란 마음에 안으로 들어서자 2층 주방 쪽을 살펴보던 창석이 뒷걸음질로 물러나면서 소리쳤다.

"안에 좀비야! 두 마리!"

나와 창석은 창을 움켜잡고 주방 쪽으로 조심스럽게 다가갔다. 그릇과 불판이 쌓인 주방 안에서 달그락거리는 소리가 들려왔다. 긴장한 창석의 거친 숨소리가 들렸다. 좀비와 싸우기 위해 무기를 만들었지만 막상 실제 상황이 닥치게 되자 떨리는 건 어쩔 수 없었다. 주방 안쪽에 웅크리고 있는 그림자들이 보였다. 물에 빠진 것처럼 숨이 차올랐다. 두렵지만 없애야 했다. 그러지 않으면 잡아먹히거나 좀비로 변하는 신세가 될 게 뻔했다. 마음을 굳게 먹고 창을 단단하게 움켜잡으려는 찰나 주방 안의 그림자들이 벌떡 일어났다. 그러고는 다급한 목소리로 말했다.

"우리 사람이에요. 사람!"

양복차림에 뿔테 안경을 쓴 남자와 정장 차림의 여자가 벌벌 떨면서 두 손을 번쩍 들었다.

주방에서 나온 남자는 나성철, 여자는 이주혜라고 자신을 소개했다.

"같은 회사에 다니고 있습니다. 어제 모처럼 월차를 맞춰서 데이트를 나왔다가 여기서 점심을 먹고 있었죠. 그런데 갑자기 사람들이 얼른 피하라고 하더라고요."

성철은 냅킨으로 안경을 닦으면서 주섬주섬 덧붙였다.

"밖으로 나왔는데 거리에 이상한 사람들이 돌아다니고 있어서 일단 가게로 돌아왔어요. 바깥에서 무슨 일이 벌어진 겁니까?"

"좀비들이 나타났어요. 서울 전체에 퍼진 모양입니다."

나의 설명에 주혜가 아랫입술을 깨물었다.

"남영동 집에 엄마랑 남동생 있는데……."

"우리도 숨어 있던 곳이 좀비한테 공격을 받아서 도망쳐온 겁니다. 합정동에 있는 M타워에 군대가 안전지대를 만든 모양입니다. 내일 날이 밝으면 거기로 갈 겁니다. 같이 갑시다."

"고, 고맙습니다."

안경을 닦은 성철이 고개를 끄덕거렸다. 두 사람은 밥상으로 막아놓은 계단 옆 벽에 몸을 기댔다.

"우리 살아남을 수 있을까?"

하루만에 턱수염이 거뭇해진 창석이 물었다.

"희망적으로 생각해야죠. 어쨌든 코앞이잖아요."

어깨를 으쓱하며 대답했다. 어둠이 깔린 밖에서는 총성이 울려 퍼졌다. 대문 밖 골목에 좀비들이 지나가는지 발을 질질 끄는 소리도 들렸다. 나와 창석은 교대로 눈을 붙였다. 뭔가 타는 냄새가 바람결에 실려 왔다. 머릿속이 복잡해 밤새 한 숨도 자지 못한 나는 아침 해가 뜨는 것을 지켜봤다. 교대한 창석은 식당 바닥에 누워서 잠을 청했고, 주방 쪽의 두 사람도 성철의 양복을 이불 삼아 누워 있었다.

## 생존 매뉴얼 - 공격용 장비

거점을 지키거나 혹은 이동할 때 우연찮게 좀비나 약탈자들과 마주칠 수 있다. 이런 상황에 처하면 자신을 보호하기 위한 무장이 필요하다. 주의할 것은 당신 손에 쥐어진 무기들은 도망칠 시간을 벌거나 상대방의 공격을 막기 위해서 존재할 뿐이다. 이걸로 좀비나 약탈자를 쓰러뜨린다는 망상은 버려라. 무기는 거점에서 구할 수 있는 재료들을 가지고 만든다.

### 총기류

좀비 영화를 보면 떼로 덤비는 좀비들에게 산탄총이나 자동소총을 무자비하게 쏴대는 것을 볼 수 있다. 사실 미국사람들이 좀비를 좋아하는 건 벽장 안에 넣어둔 산탄총을 마음껏 쓸 수 있기 때문이라는 우스갯소리가 있다. 하지만 불행하게도 대한민국은 총들의 천국이 아니다. 미국이야 마트에서 총알을 팔고, 총포상들이 널려 있으니 상관없지만 문제는 당신이 있는 곳 근처에서는 총기를 구할 수가 없다는 점이다. 군대는 비상사태가 발생하기 전에 도심지에 진입하지 않을 것이다. 그렇다면 남은 건 기껏해야 경찰서 정도지만 경찰이 보유한 무기는 대부분 범인 체포용 리볼버 권총 정도다. 군대를 갔다 왔으니 총기류 정도는 잘 다룰 수 있다는 자신감은 버려라. 군대에서 병사들이 쓰는 K-2 소총과 리볼버 권총의 사용방법은 전혀 다르다. 총을 쏠 정도로 위급한 상황에서 장전법과 안전장치 푸는 법을 잊어버리는 것만큼 큰 재앙도 없다. 대부분 군대에서 숱하게 사격을 했고, 강하게 훈련을 받았다 하지만 고작 통제관과 고참 들의 감독 아래 고정표적을 쐈던 것이 대부분이다. 참호 안에서 모래주머니에 걸쳐서 쏘거나 엎드려 쏘는 것과 서서 쏘는 것은 명중률에서 상당한 차이를 보인다. 게다가 표적이라고 할 수 있는 좀비나 약탈자들은 끊임없이 움직이거나 숨는다. 그러니 군대에서 사격으로 포상휴가 받았다고 자만했다가는 큰 코 다친다. 총소리가 울려 퍼지면 상황이 더 악화될 수 있다. 약탈자들이야 물러나겠지만 총 따위 무서워하지 않는 좀비들은 모여들 게 분명하다. 좀비들이 나오는 영화에서의 총질도 주인공이 아니면 대부분 총알이 떨어지는 상황에서 게임 끝이다. 물론 총기류는 좀비나 약탈자들에게서 자신과 일행을 보호할 수 있는 최고의 무기다. 굳이 찾아다닐 필요는 없지만 만약 손에 넣을 수 있는 기회가 있다면 마다할 필요는 없다.

## K-2, K-1A, M-16 소총

한국군에서 사용하는 제식 군용소총들이다. 모두 5.56밀리 소총탄을 사용하며, 무게는 3~5킬로그램 정도 된다. 30발과 20발 탄창이 있다. K-시리즈는 한발씩 나가는 단발과, 3발씩 나가는 점사, 자동사격이 가능한 자동발사 기능이 있고, M-16에는 점사 기능이 없다. 남성들은 군대에서 만져봤으니 손에 넣은 즉시 바로 사용이 가능하다. 문제는 좀비사태가 도심지에서 벌어질 경우에는 생각보다 손에 넣기 쉽지 않다는 점이다. 우리나라 군대는 모두 휴전선이나 도심 외곽 지역에 배치되어 있다. 비상사태가 선포되기 전에는 군대가 움직이지 않으므로 도심지에서 군용소총을 손에 넣기는 매우 어려우며, 구경도 못 해볼 가능성이 높다. 만약 손에 넣어서 이동할 때 사용할 경우라면 선두가 소지한다. 오발이나 오인사격의 위험이 있으니 탄창을 끼우고, 안전장치는 풀되, 노리쇠를 당겨 약실에는 삽탄시키지 말아야 한다. 그러다 좀비나 약탈자가 나타날 경우 바로 노리쇠를 당겨 약실에 삽탄시켜 사격준비를 한다. 탄약의 낭비를 줄이고, 기능고장을 막기 위해 가급적 단발 사격을 추천한다. 만약 시간적 여유가 있다면 약실과 노리쇠의 상태를 꼭 점검해야 한다. 결정적인 순간에 고장 난다면 더 큰 위기에 빠질 수 있기 때문이다.

### 카빈 소총

동원예비군 훈련에 가면 자주 볼 수 있는 무기다. 원래 카빈은 기병용 소총을 뜻하는데 전쟁터에서 말이 필요 없게 된 이후에도 용어 자체는 살아남았다. 미군이 제2차 세계대전 때 사용하기 위해 개발했고, 한국전쟁 때도 사용되었다. 15발과 20발 탄창이 있다. 위의 소총들보다 가볍지만 치장물자로 저장된 것이 아니라면 대부분 상태가 좋지 않다. 또한 7.62밀리 탄을 쓰긴 하지만 탄 자체가 작기 때문에 위력이 떨어진다. 거기다 국내에 있는 카빈은 자동사격이 되지 않는다. 예전에는 경찰서에 보관했지만 지금은 경찰서에 보관하지 않기 때문에 다른 군용소총들만큼이나 손에 넣기 어려워졌다. 총기류는 무조건 가지고 있는 게 좋다.

소총류 추천도 : 🧟🧟🧟🧟🧟

### K-5

한국군 제식 권총인 K-5는 9밀리 파라블럼탄을 사용하는데 탄창에는 모두 13발이 들어간다. 권총이라는 특성상 명중률과 파괴력이 떨어진다. 거기다 군대에서 권총을 만져보거나 쏴본 인원이 적다는 점도 문제다. 사람은 신기하게도 위기상황에 닥치면 알고 있던 것도 잊어버린다. 따라서 손에 익지 않은 권총을 들고 있다가 제대로 써먹을 수 있다는 환상을 버려라. 만약 당신이 권총을 다뤄본 경험이 있거나 권총사격장에서 몇 번 쏴봤다면 유용할 것이다. 물론 없는 것보다 지니고 있는 것이 당연히 낫다.

### 스미스 앤 웨슨 M60 리볼버

한국 경찰이 사용하는 리볼버 권총이다. 같은 회사의 M10 모델에서 2005년경부터 이 모델로 교체되었다. 경찰용 권총은 범인을 사살하는 것보다 부상을 입혀 제압하는 것이 목적이다. 따라서 6연발 M10 모델에서 5연발 M60 모델로 교체되었고, 총열도 짧아졌다. 같은 권총인 K-5에 비해서 장탄수도 적고, 38구경이기 때문에 관통력을 포함한 살상력도 떨어지는 편이다. 군용 권총들보다는 손에 넣기 쉽지만 탄약은 손에 넣기가 쉽지 않다. 유일한 장점은 고장이 적다는 점이다. 그래도 다른 무기들보다는 우월하기 때문에 만약에 손에 넣는다면 반드시 휴대해야 한다. 만약 선두가 자동소총이나 다른 권총으로 무장했다면 이 권총은 제일 뒤에 오는 사람이 휴대하는 것이 좋다.

권총류 추천도 :

### 공기총과 엽총

운 좋게도 당신의 취미가 사냥이라면 공기총과 엽총을 보유할 수도 있다. 하지만 아쉽게도 엽총은 현행법상 경찰서에 보관해야 하기 때문에 좀비사태가 벌어졌을 때 당신 손에 엽총과 탄약이 있을 가능성은 극히 적다. 공기총으로는 좀비 머리를 박살 내기에는 크게 부족하다. 하지만 역시 총기류는 없는 것보다 가지고 있는 것이 여러모로 좋다. 엽총이나 공기총의 개머리판은 좀비 턱을 날려버릴 수 있다.

### BB탄 총

경찰과 언론의 과장보도를 믿고 BB탄 총이 좀비나 약탈자에게 효과가 있을 것이라는 오해는 금물. 서바이벌 게이머들이 쓰는 총은 아무리 개조를 한다고 해도 멍들게 하는 게 고작이다. 운 좋게 눈을 맞춘다면 실명시킬 수 있겠지만. 잘못하면 상대방의 화를 돋울 수 있기 때문에 쓸데없는 모험은 하지 말자. 단, 겉으로 봐서 실제 총인지 구분하기 힘들 정도라면 일단 들고 다니는 것도 나쁘지는 않다. 하지만 좀비가 나타나거나 약탈자에게 가짜 총이라는 게 들통 난다면 미련 없이 도망쳐라.

기타 총기류 추천도 : 🧟🧟

경찰 특공대나 군 특수부대가 사용하는 총기류들은 위에 언급한 총기류들보다는 성능이 좋지만 손에 넣기 더 어렵다. 장거리 저격이 가능한 저격용 소총이 있으면 좋긴 하지만 역시 사용할 수 없다면 무용지물이다. 그 외에 유탄 발사기나 기관총도 마찬가지다. 만약 유탄이나 기관총 탄약이 충분하고 거점이 요새에 버금간다면 고정시켜놓고 사용하는 것도 나쁘지 않다. 하지만 가지고 있는 탄약보다 좀비나 약탈자들의 숫자가 더 많을 수도 있다는 점은 고려해야 한다.

## 나이프와 도끼류

총기류 다음으로 유용하게 쓸 수 있는 것이 바로 나이프와 도끼 같은 날붙이들이다. 좀비의 목이나 팔다리를 단숨에 절단하고, 약탈자과 싸울 때도 유용하게 쓸 수 있다. 문제는 쓸 만한 나이프는 대부분 고가인데다 허가제라 아무나 소지할 수 없다는 것이다. 도끼 역시 구할 수는 있지만 주변의 눈을 의식하지 않을 수 없다. 거기다 나이프는 길이가 짧아 무리 지어 움직이는 좀비에게는 사용하기 위험하다. 나이프 또한 총기류와 마찬가지로 훈련이 필요한 무기로, 섣불리 사용했다가 오히려 다칠 수 있다. 좀비를 찔렀다가 나이프를 빼지 못했거나 놓쳤을 경우, 또 다른 좀비가 있다면 무방비상태가 되고 만다. 나이프 도 여러 종류가 있는데 현대의 나이프들은 살상용보다는 도구 로서의 측면이 강조된다. 따라서 보위나이프 같은 대형 나이프 가 아닌 이상 좀비나 약탈자들을 상대하기에는 부족하다. 일본 도나 쿠크리, 마체테 같은 날붙이가 있으면 좋지만 총기류만큼 구하기 힘들고, 훈련이 안 되어 있을 경우 사용하기가 힘들다. 하지만 나이프 대용으로 쓸 수 있는 부엌칼은 손쉽게 구할 수 있으니 비상용으로 챙겨두는 게 좋다. 멀티 툴이 없을 경우는 도구로 쓸 수도 있다. 물론 위의 날붙이나 도끼들을 가지고 있 고, 충분한 훈련이 되어 있다면 당연히 좋은 효과를 발휘할 수 있다. 특히 일본도나 쿠크리, 마체테는 좀비의 목을 절단하기 좋기 때문에 쓸 만하다.

날붙이 추천도 : 🗡🗡🗡

## 쇠파이프와 야구방망이, 삼단봉, 골프채를 비롯한 둔기

조폭영화에서 회칼과 함께 자주 나오는 쇠파이프나 야구방 망이도 상대방에게 위협을 줄 수 있는 무기다. 총기나 나이프 종류와는 다르게 별다른 훈련도 필요 없다. 따라서 부엌칼과 함께 휴대하기에 적당하다. 다만 둔기로 좀비의 머리를 내리쳤을 때 피와 뇌수가 튈 염려가 있으니 가급적 조심해야 한다. 좀비의 머리를 타격할 때는 위에서 아래로 때리지 말고 옆으로 때릴 것을 권유한다.

주의할 것은 휴대성이다. 너무 무거운 해머나 노루발 같은 것은 되도록 피하는 게 좋다. 가장 좋은 것은 휴대가 간편한 삼단봉이다. 상대방이 좀비가 아니라 약탈자라면 삼단봉 펴지는 소리에 깜짝 놀라기 마련이다. 단, 싸구려 중국제일 경우 한두 번 사용하고 망가질 가능성이 높기 때문에 가급적 피하는 게 좋다. 부엌칼을 구하지 못할 경우엔 망치나 드라이버라도 챙겨라. 이것도 부엌칼처럼 도구로 쓸 수 있다. 마지막으로 당부하고 싶은 것은 무기를 챙기는 데에 위험을 감수하지 말라는 것이다. 망치로 좀비의 머리를 내리치거나 드라이버로 눈알을 쑤셨는데 과자처럼 부스러지면서 박혀버리면 미련 없이 버려라. 그걸 빼겠다고 낑낑대다가 다른 좀비한테 공격을 받을 수 있다. 만약 당신 집이 좀 부유하여 골프채가 종류별로 있다면 우드든 아이언이든 가리지 말고 당장 챙겨라. 두꺼운 헤드는 좀비 머리통을 날려버리기에 부족함이 없으며, 가벼운 편이라 휴대도 간편하다. 무엇보다 별도의 훈련 없이 한두 번만 휘둘러봐도 쉽게 사용할 수 있다. 동료들 중 힘 센 남성이 가지고 있으면 된다. 쇠파이프나 야구방망이, 그리고 골프채까지 없으면 조립식 스테인레스 선반의 기둥을 쓰는 것도 좋다. 내구성은 떨어지지만 몇 번 쓸 수 있으며, 무엇보다도 길기 때문에 좀비들과 가까이 붙어서 싸우지 않아도 된다.

둔기류 추천도 : 🧟🧟🧟🧟

## 활을 비롯한 투사무기

총기류는 구하기 어렵고, 날붙이나 둔기류 만으로는 안심하기 어렵다면 그다음으로 생각할 수 있는 것이 바로 활이다. 활은 멀리서 상대방을 공격할 수 있기 때문에 근접전이라는 부담감을 덜 수 있다. 공격에 실패한다면 도망칠 시간적 여유를 확보할 수 있다는 것도 장점이다. 문제는 이것 역시 총기류만큼이나 구하기 어렵다는 것. 우리가 구할 수 있는 활은 대략 국궁과 올림픽 경기에서 보는 양궁, 그리고 석궁과 컴파운드 보우가 있다. 활 무기는 많은 연습이 필요하기 때문에 손에 넣었다고 해도 사용법을 모르면 아무 쓸모가 없다. 주몽의 후예라는 환상은 버려라. 그나마 총기류는 방아쇠를 당길 줄만 알면 그럭저럭 쓸 수 있지만 국궁과 양궁은 시위를 당기는 근력을 포함하여 당신이 가지고 있지 않는 능력을 요구할 가능성이 높다. 지니고 있으면 나쁘지 않으니 일단 손에 넣는다면 가능한 연습을 하고, 휴대하라. 총기나 나이프 종류와는 다르게 개인 보관이 가능하다는 장점도 있다. 따라서 여유가 있다면 적당한 활과 화살을 구입해 연습해둘 것을 권한다.

국궁은 활시위가 풀어질 수 있기 때문에 집에서 보관하기가 어렵고, 연습에 시간이 많이 소요되니 일단 구매목록에서는 제외하자. 가장 다루기 쉬운 것은 양쪽 끝에 도르래가 달린 컴파운드 보우다. 도르래로 당기기 때문에 상대적으로 근력이 적게 들어가고, 크기가 작기 때문에 휴대도 간편하다. 당신이나 동료가 활 종류를 다룰 줄 안다면 생존확률이 높아진다. 소리 없이 방해가 되는 좀비들을 제거할 수 있기 때문이다. 만약 일행이 총기류로 무장했다면 선두 포인트 바로 다음이 이 무기를 들고 따르도록 한다. 석궁은 국궁이나 양궁보다 명중률과 파괴력이 더 크지만 역시 고가이며 구하기 쉽지 않기 때문에 컴파운드 보우가 있다면 굳이 어렵게 구할 필요가 없다. 화살은 최소 20개는 지닐 것. 화살이 떨어진 활은 아무 소용이 없다.

투사무기 추천도 : 🧟🧟🧟🧟

## 기타 무기

### 화염병

화염병을 들고 다니다 좀비나 약탈자가 나타나면 재빨리 던져 물리친다는 것은 환상에 가깝다. 왜냐하면 첫째, 이런 상황이 되면 라이터를 켜는 손이 떨려서 불이 잘 붙지 않는다. 둘째, 설사 불을 붙인다고 해도 제대로 맞추기가 힘들다. 셋째, 불을 잘 붙여서 어찌어찌 던졌다 해도 상대방에게 얼마나 타격을 줄지 미지수다. 약탈자라면 쉽게 피할 수 있고, 좀비라면 불덩어리가 된 채 다가올 가능성이 높다. 불덩어리가 된 좀비에게 물리면 변하기 전에 타죽을 것이다. 학창시절 열혈 운동권이었다거나 우연찮게 거점 안에 화염병 제조에 필요한 장비들이 모두 있을 경우엔 몇 개 제조해서 휴대해도 좋다.

### 전기톱

좀비플래시게임 〈라스트 스탠드〉에 근접전용 아이템으로 나온다. 하지만 이거 하나면 화끈하게 좀비들을 토막 낼 수 있을 것이라고 믿지 말 것. 보통 사람들은 전기톱을 공포 영화나 좀비 영화에서 주로 본다. 그 얘긴, 막상 손에 쥐어져도 어떻게 쓸지 모른다는 것이다. 게다가 작동시켰다 해도 잘못 다루면 쓰는 사람의 팔다리가 잘릴 가능성이 높다. 총소리만큼 큰 소음은 근처의 좀비나 약탈자들을 불러 모으는 신호가 된다. 연료가 떨어지면 쓸모없이 무게만 차지하는 짐이다. 설사 당신이 전기톱을 잘 다루고 충분한 연료가 있다 해도 만만치 않은 무게는 당신을 빨리 지치게 만든다. 그러니까 공구전문점에 걸려 있는 전기톱을 봐도 그냥 지나쳐라. 단, 거점을 방어할 때는 유용하게 쓰일 수 있으니 만일 손에 넣었다면 사용법을 알아두는 게 좋다.

### 전기충격기와 가스총

경비업체에서 사용하는 전기충격기와 가스총은 약탈자를 제압하는 데는 효과적이지만 좀비에게 먹힐지는 미지수다. 그래도 없는 것보다는 나으니 손에 넣는다면 챙겨두자.

### 새총

좀비들과 싸우기에 가장 효과적인 무기는 총이나 활 같은, 멀리서 쏠 수 있는 무기들이다. 무리 지어 움직이는 좀비들과 가까이서 싸운다는 점은 생존확률을 대폭 낮추기 때문이다. 또한 공포나 고통을 느끼지 못하는 좀비들은 인간이라면 쓰러질 충격에도 버틸 확률이 높다. 하지만 현실적으로 총이나 활 모두 쉽게 소지할 수 없는 무기들이고, 유지비용 역시 만만치 않다. 이에 대한 보완책으로 가장 좋은 것이 바로 슬링 샷이라 불리는 새총이다. 새총 따위라고 코웃음 치지 말 것. 인터넷으로 검색해보면 정교한 물건들을 볼 수 있다. 생각보다는 비싸겠지만 활보다 훨씬 싸고 보관도 간편하다. 탄환격인 쇠구슬도 싼 가격에 구매할 수 있고, 크기가 작아서 휴대가 편리하다. 소지하는 데 법적인 문제도 없으니 미리 인터넷으로 구매해서 틈틈이 연습해놓으면 활보다 더 유용하게 쓸 수 있다. 또한 활처럼 소리가 나지 않기 때문에 위치가 발각되지 않고 조용히 처리할 수 있다.

기타 무기류 추천도 : 🧟🧟

## 개조 무기

위의 총기류나 나이프는 평상시 일반인들이 준비하기 어려운 것들이다. 따라서 주변에 있는 물건들을 개조해서 무기로 사용하는 것이 지극히 현실적인 방법이다. 거점에서 이동하기 전에 작업해두면 좀비들을 해치울 때 도움이 될 것이다. 단, 작업하는 소리를 낸다거나 바깥출입을 자주 하는 것은 조심해야 한다. 또한 처음 생각보다 내구성이 떨어지고 효과가 없을 수 있으니 충분한 사전 테스트를 거쳐야 한다.

### 못을 박은 각목이나 야구 방망이

못과 망치가 있다면 가지고 있는 각목이나 야구방망이에 못질을 해두는 것도 나쁘지 않다. 타격력을 높일 수 있고, 잘하면 머리나 팔다리를 끊어버릴 수 있기 때문이다. 주의할 점은 너무 많은 못질을 하면 각목이나 야구방망이의 내구성이 떨어져 중간에 부서질 수 있다는 것이다. 좀비 머리를 신나게 때리고 있는데 뚝 부러져버리면 마냥 웃을 수는 없다.

### 휴대용 화염방사기

에프킬라 같은 석유성분이 많이 포함된 모기약이나 휴대용 토치 같을 것을 무기로 쓸 수도 있다. 하지만 사정거리가 짧고 좀비가 불을 무서워하지 않고 덤빌 가능성이 높기 때문에 별 효과를 기대하지는 마라. 그리고 밀폐된 곳에서 잘못 사용했다가 큰 화재로 번질 수 있다는 점도 염두에 둬야 한다. 몇 가지 단점들이 있긴 하지만 거리를 두고 공격할 수 있는 무기이기 때문에 여건이 된다면 마련하는 것이 좋다.

### 팬티 고무줄을 이용한 새총

공격용 무기들 중 비용대비 효과가 가장 좋은 것이 바로 이 새총이다. 하지만 다 큰 어른이 새총을 들고 다니면 손가락질 받을 확률이 높다. 따라서 좀비사태가 터졌을 때 당신 손에 없을 수도 있다. 하지만 새총은 집 안에 있는 것들로 충분히 만들 수 있다. 우선 팬티 고무줄. 여러 개 겹치면 탄력이 늘어나서 사거리가 늘어난다. Y형 프레임은 가위나 젓가락으로 대체한다. 탄환은 집 안에 있는 볼트나 나사 같은 작은 쇠붙이들, 혹은 집 밖에 굴러다니는 작은 돌을 사용하면 된다.

### 부엌칼, 나이프, 드라이버를 이용해서 만든 창

나이프의 문제점은 근접전을 벌여야 한다는 점이다. 특히 좀비와 가까이서 싸움을 벌인다는 것은 위험천만한 일이다. 만약 자루로 쓸 만한 게 있다면 부엌칼이나 나이프를 이용해서 창을 만들어보자. 마대자루에 부엌칼을 결합시키는 게 가장 좋다. 적당한 칼이 없다면 드라이버, 하다못해 유리조각이라도 달아놓자. 케이블 타이를 몇 개 써서 고정시키고, 덕 테이프로 보강하면 사용하기 편리한 창을 만들 수 있다. 나이프보다 훨씬 다루기 쉽고 좀비와의 거리를 둔 채 싸울 수 있다는 장점도 있다. 여유가 된다면 여러 개를 만들어서 한두 자루씩 들고 다닌 채 이동하자.

### 채찍

칼이나 몽둥이가 주변에 없다고 낙담하지 마라. 전기 줄은 있을 테니까. 적당한 크기로 잘라 손잡이 부분을 테이프로 감으면 제법 위력적인 채찍을 만들 수 있다. 위력을 배가하기 위해 끝부분에 면도날이나 유리조각 같은 것을 달아놓으면 더 좋다. 없는 것보다는 낫지만 연습이 제법 필요하고, 좁은 공간에서 사용하다 어딘가에 걸리면 오히려 곤란에 빠질 수 있다.

개조무기류 추천도 :

### 방어 장비

좀비의 가장 강력한 무기는 입과 손톱이다. 물어뜯거나 할퀴어 피, 체액이 옮기면 게임 끝. 따라서 이걸 막을 만한 방패나 보호구가 필요한데 사실 조선시대의 갑옷이나 서양 기사들이 입는 갑옷 정도가 아니면 완벽하게 막는 것은 불가능하다. 거기다 각종 보호구들은 이동하는 데 불편을 초래할 수 있다는 점을 명심해야 한다.

### 전투경찰용 방호복

시위 진압에 나서는 경찰들이 입는 두툼한 방호복과 헬멧은 좀비들의 이빨과 손톱으로부터 우리 신체를 안전하게 보호해줄 수 있다. 현대판 갑옷인 셈. 하지만 이렇게 되면 좀비와 대응할 수 있는 가장 효과적인 무기인 기동성이 떨어진다. 좀비들 서너 마리 정도라면 괜찮지만 수십, 수백 마리가 나타난다면 방호복과 헬멧을 착용했다 해도 막을 수가 없다. 어디든 좁은 틈이 있을 것이고, 그게 아니라고 해도 압사당할 확률이 높다.

### 소방복

소방관들이 입는 소방복은 열기를 막기 위해 케블러 소재를 사용한다. 이는 방탄복에서도 쓰이는 것으로 질기고 단단해서 좀비들의 공격으로부터 신체를 보호할 수 있다. 더불어 소방모와 두건, 소방화와 장갑까지 착용하면 그야말로 물샐 틈이 없다. 하지만 너무 무겁고, 더워 오래 착용할 수 없다는 단점이 있다.

### 두툼한 점퍼나 가죽 자켓

위에서 얘기한 복장들은 일반인들이 구하기 어렵다. 따라서 두꺼운 점퍼나 질긴 가죽 자켓 을 겹쳐 입는 것도 한 가지 방법이다. 하지만 이 방법으로는 전신을 보호하기 어려우며, 여름에 활동하기 불편하다는 문제점이 있다. 이동에 불편을 주지 않는 선에서 착용하는 것이 좋다.

### 전투 경찰용 방패

방패로써 가장 좋은 것은 역시 전투경찰용 방패다. 하지만 총만큼 구하기 어려울뿐더러 일반인이 들고 다니기엔 매우 무겁다. 하지만 좁은 골목을 지날 때나 거점 방어용으로 문을 막는 용도로는 최고다. 또한 좀비의 턱이나 머리를 날려버릴 수 있는 무기이기도 하다. 그 외 일반 가정집에 흔히 있는 도마 중 가벼운 것은 들고 다닐 수 있다. 총알 같은 것은 못 막지만 좀비의 손톱이나 이빨은 충분히 방어가 가능하다. 마땅한 손잡이가 없고, 목이나 얼굴을 막기에는 부적당하지만. 만약 가벼운 도마에 끈으로 손잡이를 만들 수 있다면 들고 다니는 것을 고려해볼 만하다. 도마를 개조한 방패 역시 위급한 순간 좀비의 얼굴이나 턱을 강타할 수 있는 무기가 될 수 있다. 박스를 여러 개 겹쳐 테이프로 고정시켜 놓은 것 역시 쓸 만하다. 하지만 내구성이 떨어지기 때문에 재사용은 어렵다.

두꺼운 책도 괜찮다. 들고 다니는 게 무겁고 거추장스럽다면 가슴이나 배에 대고 끈이나 테이프로 묶는 방법도 있다. 하지만 모양새가 심히 안 좋을 수 있으니 패션에 목숨을 걸었다면 깔끔하게 포기할 것.

방어용 장비 추천 : 👤👤

### 기타장비

이동에 필요한 식료품과 식수가 준비되고 무기도 손에 넣었다고 안심하지 마라. 당신과 동료들은 좀비와 약탈자들로 가득한 거리를 돌파해야 한다. 좀비의 지능이 사라졌다고는 하지만 오히려 그것이 더 예측 불가한 위협이 된다. 거기다 언제 어느 때 모여들지 모르니까 한두 마리쯤이라고 무시해버리면 큰 코 다친다. 가급적 안 마주쳐야 하고, 마주치면 알아차리기 전에 우회하거나 숨어서 지나가길 기다렸다 움직여야 한다. 좀비의 시력과 청력이 인간과 비교해서 어느 정도일지는 예상할 수 없지만 최소한 동등하다는 가정하에 움직여야 한다. 약탈자들 역시 마찬가지다. 좀비들이 아니라는 안도감 때문에 안심하게 되는 경우가 많은데 이들은 좀비보다 더 영악하고, 잔인할 수 있다. 대부분 사소한 것들이지만 이런 것들이 당신의 목숨을 좌지우지할 수 있다. 이런 장비들을 갖추고 있거나 준비할 만한 여건이 안 된다고 해도 머리를 굴려 비슷한 것이라도 만들어야 한다. 특히 여기서 소개하는 대부분의 장비들은 대처할 수 있는 시간적 여유를 벌어주는 장비들이다.

### 잠망경

총알이 빗발치는 전쟁터에서 주인공이 깨진 거울 같은 것으로 참호 밖이나 거리의 교차로 건너편을 살펴볼 때 쓰는 물건이다. 숨어서 바깥쪽을 들키지 않고 안전하게 살펴보는 건 생존확률을 엄청 높일 수 있다. 인터넷이나 동네 문방구에서 파는 장난감 잠망경이 제격이다. 하지만 이런 게 없다면 집 안에 있는 것들로 만들어도 된다. 무심코 코너를 돌다가 썩어빠진 이빨을 드러내며 기다리는 좀비와 마주치고 싶지 않으면 이동할 때 반드시 가지고 다니는 게 좋다. 여자들이 가지고 다니는 소형 손거울에 긴 막대기, 아니면 30센터미터짜리 플라스틱 자에 붙이는 것도 좋다. 거울의 무게가 가볍기 때문에 순간접착제를 사용해도 좋다. 손거울이 없거나 너무 크면 손을 다치지 않게 조심해서 적당한 크기로 부순다. 다 끝났다는 생각은 금물. 거점에서 모서리 건너편에 동료를 세워놓고 반드시 테스트를 실시해보라. 평상시 사용하지 않던 것이라 막상 봐도 뭐가 먼지 모를 수 있기 때문이다. 귀찮다고 집에 있는 스테인레스

숟가락을 들고 가지는 마라. 굴곡진 형태라 관측하기도 어렵고, 짧은 편이라 조금만 자세히 살펴보려고 해도 손이 보이기 일쑤라 충분한 은닉효과를 발휘하기 어렵다.

### 망원경

어떻게 보면 잠망경보다 더 필요한 것일지도 모른다. 주변을 조용히 살펴보기 딱 좋고, 이동 루트의 안전을 확인하기에도 적합하다. 구하기도 쉽고 가격도 싼 편이니 하나쯤 준비해두면 큰 도움이 된다. 너무 큰 것은 휴대하기 어렵고, 약탈자들에게 자신을 훔쳐본다는 오해를 살 수 있으니까 주의해야 한다. 군대에서 사용하는 적외선 야간 망원경은 야간 이동에 적합하지만 너무 무겁고, 야간 이동 자체가 위험하기 때문에 불필요하다.

### 휴대폰

좀비사태가 터지면 해당 지역은 화재나 사고 등으로 인해 통신이 두절될 가능성이 굉장히 높다. 따라서 휴대폰은 쓸모없는 애물단지로 전락해버린다. 하지만 두 가지 측면에서는 쓸모가 있다. 하나는 휴대폰에 저장된 벨소리나 음악소리가 좀비들을 유인할 수 있는 미끼 역할을 한다는 것. 꼭 지나야 하는 길에 좀비들이 있을 경우 근처에 벨소리나 음악소리를 최대한으로 높인 휴대폰으로 유인한 다음 지나가는 방법이 있다. 몇 분 후에 울리도록 조작해놓으면 충분히 피해 있다가 좀비들의 움직임을 보며 대응할 수 있다. 하루가 넘게 걸려 은신처를 찾아야 할 경우도 소리가 나는 휴대폰을 문 앞에 두어 안에 좀비가 있는지 살펴볼 수 있다. 휴대폰의 라이트 기능은 어둠이 깔리기 시작한 거리의 발밑을 살펴보는 데 도움이 되고, 역시 은신처를 살펴볼 때 유리하다. 그리고 아직 할부금을 안 갚았을 시, 휴대폰 회사가 좀비 때문에 버려두고 왔다는 걸 인정하지 않을 가능성이 높을 테니 잊지 말고 챙기는 게 좋다.

### 무전기

이동 중 무전기는 서로의 위치를 확인할 수 있는 유용한 장치다. 게다가 동료가 눈앞에 보이지 않는다고 해도 심리적인 위안을 줄 수 있기도 하다. 따라서 무전기 한 세트 정도는 망원경과 함께 준비해두는 것도 나쁘지 않다. 단, 무전기에 너무 의지했다가 낭패를 볼 수도 있다. 즉 앞서 간 동료가 좀비를 만나면서 내뱉은 비명을 통해 고스란히 공포감을 맛볼 수 있고, 사용에 익숙하지 않다면 오히려 길을 잃어버리게 만들 수 있다. 예를 들어 갈림길에서 오른쪽과 왼쪽을 제대로 얘기하지 않아버리면 전혀 다른 방향으로 가버린다. 무전기 감도가 너무 커 근처의 좀비나 약탈자들의 주의를 끌 수도 있으니 주의할 것. 따라서 무전기의 사용방법 역시 거점에서 충분히 연습해야 한다.

### 나침반

동서남북의 방향을 알려주는 나침반은 항해를 하거나 탐험을 할 때 반드시 필요한 장비다. 하지만 도심지역에서는 대부분 특정 건물이나 전철역 등을 랜드마크로 삼기 때문에 나침반은 별 필요가 없다. 위험지역이 랜드마크로 삼을 만한 건물들이 없는 교외지역이라면 큰 도움이 될 수는 있다.

기타장비 추천도 : 👣👣👣👣

## 정보 획득 장치

자, 이런저런 장비들을 모두 챙겼다고 정든 거점과 이별을 하고 길을 떠나면 되는 걸까? 위의 장비를 모두 갖췄다 해도 가장 중요한 것이 남아 있다. 어디로 가야 좀비로 부터 안전한지, 그리고 어떤 길로 갈 것인지 결정하는 것이다. 좀비사태가 터지고 초반의 혼란이 어느 정도 가시면 정부에서는 나름대로의 대책을 내놓는다. 가장 우선 되는 것은 감염지역을 봉쇄해 더 이상의 전파를 차단한다. 그리고 생존자의 구출 작업을 진행할 것이다. 경계선까지 가는 것이 가장 안전하지만 너무 멀거나 좀비 밀집 지역과 겹칠 경우는 감염지역 내에 구축된 안전지대로 이동해야 한다. 문제는 경계선이 어디서부터 어디까지 설치되고, 안전지대가 어느 곳에 구축되는지 모른다는 것. 전화와 인터넷이 끊어질 경우 대체로 이런 정보들을 제대로 듣지 못한다. 기껏 위험지역을 돌파했는데 경계선이 뒤로 후퇴해버렸거나 안전지대가 아닌 곳에 도착하는 불상사를 맞이하고 싶지 않다면 신중하게 정보를 획득하고 평가해야 한다. 가급적 여러 루트를 통해 확인된 정보들을 교차 검증해야 한다. 그다음 이동 수단 및 루트를 결정하는 것이다. 이 역시 신중하게 판단하고 결정해야 한다.

### 라디오

생존을 위한 필수 품목 중 하나가 바로 라디오다. 라디오는 TV와 인터넷이 단절된 상황에서도 사용이 가능하다. 거점에서는 라디오를 통해 정부의 발표를 주의 깊게 듣고, 정보를 획득한다. 통상 정부는 좀비사태 발생 전까지는 감추려고 하지만 일단 터진 후엔 수습을 해야 하기 때문에 부정확한 정보가 나올 가능성이 적다. 따라서 이 단계부터는 정부의 공식 발표를 믿어도 좋다. 단, 사태가 조기에 해결된다는 희망적인 뉴스는 가급적 배제해라. 철저하게 객관적으로 분류한 정보들만 믿어야 한다.

### 전단지

라디오가 없다면 정부의 공식발표를 접할 수 있는 유일한 방법은 전단지다. 아마 봉쇄 구역 상공의 헬기나 비행기로부터 전단지가 살포될 것이다. 여기에는 라디오를 통해 발표된 내용과 유사한 것과 전혀 다른 정보들이 적혀 있을 것이다. 경계선이나 안전지대에 관한 내용은 참고해도 좋다. 단, 시간이 너무 오래된 전단지는 그 사이 상황이 바뀔 수 있으니 조심해야 한다. 더불어 전단지를 구하기 위해 거점 밖으로 나오는 일은 극히 신중하게 결정하고 움직여야 한다.

### 생존자들의 정보

이런 저런 이유로 합류한 생존자들의 정보 역시 귀를 기울여야 한다. 하지만 검증되지 않았으며, 본인의 희망이나 착각이 섞여 있을 가능성도 있으니 전적으로 믿어서는 곤란하다. 특히 좀비 불신론자가 아직도 존재한다는 것을 감안한다면 부정확한 정보들이 엄청나게 많이 유포되고 부풀려질 수 있다. 따라서 라디오나 전단지를 통해 얻은 정보보다는 신뢰도가 떨어지니 교차 검증을 위한 수단으로 생각하는 것이 좋다.

* 요약 : 좀비사태가 발생하면 일단 거점을 확보하고, 정보를 획득한 후 이동을 준비해야 하며, 동료들을 모으고 무장해야 한다. 상황이 확실해지지 않은 상황에서 움직이는 것은 자살행위나 다름없다. 특히 좁은 골목길이 거미줄처럼 펼쳐져 있고, 차들이 많아서 도로가 막히기 쉬운 우리나라에서는 더더욱 그렇다.

# 3장

이동

## 확산부터 봉쇄 단계까지

## 5월 14일 오전 8시 11분, 상수동 고깃집 2층

새벽에 살짝 잠들었다가 아침 해가 떠오르자 눈을 뜬 나는 매뉴얼의 마지막 부분을 썼다.

"뭘 그렇게 써?"

잠에서 깬 창석이 물었다.

"그냥요."

매뉴얼을 덮으며 대충 대답하고는 떠오르는 해를 바라봤다. 좀비들 덕분에 일상생활은 무참히 부서지고 있지만 해는 여전히 떠오르고 가라앉았다. 새벽부터 들려왔던 좀비들의 울음소리는 커졌다. 총소리도 간간히 들려왔다. 여기서 M타워까지는 걸어서 한 시간 정도였다. 그곳에 도착할 수 있을지, 도착한다고 해도 과연 라디오에서 나온 대로 안전할 것인지 궁금했다.

주방 쪽에 누워 있던 나성철과 이주혜도 눈을 뜬 것 같았다. 넷이서 샌드위치를 하나씩 나눠먹고 물티슈로 얼굴과 손을 닦았다. 나는 일행에게 앞으로의 계획을 말해줬다.

"우린 군대가 지키고 있는 M타워까지 갈 겁니다. 두 분은 어떻게 하실 겁니까?"

내 질문에 성철이 한숨을 쉬면서 대답했다.

"여기 더 있어봤자 방법도 없을 것 같아요. 함께 가겠습니다."

"그럼 이거 먹고 좀 쉬었다 출발하겠습니다."

두 사람은 알겠다며 아래층으로 내려갔다. 두 사람이 내려가는 것을 본 창석이 슬며시 다가와서 말했다.

"괜히 짐 되는 거 아닐까?"

"그래도 모른 척할 수는 없잖아요."

내 말에 창석이 머쓱한 표정으로 고개를 끄덕거렸다. 물을 마시고 배낭을 메고 창을 든 채 아래로 내려갔다. 성철과 주혜는 신발장에서 발에 맞는 운동화를 찾아 신은 상태였다. 나는 카페에서 만든 창을 한 자루씩 나눠줬다.

"좀비를 만나도 싸울 생각은 하지 말아요. 만약 헤어지더라도 당황하지 말고 골목길을 통해 M타워로 가야 합니다."

두 사람에게 주의사항들을 알려줬다. 그사이 대문 밖을 살펴보던 창석이 안전하다는 손짓을 했다. 나는 손거울이 붙은 스페큘러와 창을 손에 든 채 골목가로 나섰다. 정적이 감도는 골목길에는 새로 오픈한 고깃집의 전단지가 굴러다녔다. 전봇대가 서 있는 골목 끝에 도착하자 손거울이 붙은 스페큘러를 꺼내 길을 살폈다. 보도블록이 깔린 좁은 골목길들이 미로처럼 펼쳐졌다. 무심코 걸어갔다가는 모퉁이에서 기다리고 있던 좀비와 마주칠 가능성이 높았다. 자그마한 거울을 이리저리 비춰보고 아무도 없는 것을 확인한 다음 다시 걸었다. 내가 선두에 서면 창석이 뒤따라오고 성철과 주혜가 그 뒤를 따랐다. 좀더 큰 골목길 역시 인적이 끊겼다. 담장을 따라 조심스럽게 걷던 나는 파란색으로 칠한 대문 걷어차는 소리에 심장이 떨어지는 줄 알았다. 성철과 함께 걷던 주혜도 비명을 지르며 주저앉았다. 대문이 잠긴 것을 확인하자 나는 틈새를 살짝 들여다보고 일행에게 말했다.

"안에 좀비가 있어요. 아마 좀비한테 물린 상태에서 안으로 도망쳤나 봐요."

세 사람은 아무 말도 하지 못했다. 나는 앞장서서 걸어갔다. 이상스러울 정도의 고요함이 발걸음을 더 무겁게 만들었다. 하지만 침묵과 고요는 오래가지 않았다. 이상한 냄새를 맨 처음 맡은 것은 창석이었다.

"타는 냄새 같은데?"

코를 벌름거린 그의 얘기가 끝나기 무섭게 매캐한 연기가 바람에 실려 왔다. 골목길 중간에 있는 반지하 우동집 입구에서 불길이 피어올랐다. 불길은 벽을 타고 위쪽으로 올라갔지만 주변에 옮겨 붙을 만한 것이 없어서인지 번지지는 않았다.

"틀림없이 가스를 잠그지 못하고 도망쳤을 거야."

"조심해서 지나가야겠어요."

우리는 소매로 입을 가리고 최대한 몸을 낮춘 채 불길 옆을 통과했다. 숨을 참긴 했지만 연기 때문에 콜록거리는 기침을 참기 어려웠다. 눈물을 흘리며 콜록거리는데 노천카페 앞에 서 있는 사람이 보였다. 홍대 쪽에서 흔하게 볼 수 있는 야구 모자에 늘어진 청바지 차림이었다. 처음에는 멀쩡하게 서 있어 사람처럼 보였다. 뒷모습은 멀쩡해 보였지만 전봇대에 기댄 몸이 이쪽으로 몸을 돌리자 까맣게 변한 얼굴과, 턱 아래로 내장이 줄줄이 달린 것을 볼 수 있었다. 마주칠 거란 각오는 했지만 막상 눈앞에서 보자 아무 생각도 들지 않았다. 양쪽 볼은 구멍이 나 턱뼈와 가느다란 근육이 보였다. 눈썹이 몽땅 빠져버린 두 눈동자는 당장이라도 떨어질 것처럼 툭 튀어나와 있었다. 오른쪽 어깨를 물어 뜯겼는지 한 움큼 떨어져나간 살덩어리는 짙은 회색으로 변한 상태였다. 끔찍한 모습과 악취에 압도당한 나는 아무 말도 하지 못했다. 야구 모자를 쓴 좀비 앞에는 파마머리 아줌마가 두툼한 배에 큰 구멍이 뚫린 채 누워 있었다. 연기를 뚫고 나온 주혜가 야구 모자를 쓴 좀비를 보고 비명을 질렀다.

"한 놈뿐이지?"

"네, 셋 세고 한번에 찔러요."

하나 둘 셋을 외치고 창석과 함께 창으로 찔렀다. 좀비는 입을 오물거렸다. 창석의 창은 가슴팍을 찔렀고, 내 창은 목덜미에 박혔다. 기괴한 비명을 지르던 좀비는 그대로 넘어졌다. 두 사람이 박힌 창을 뽑을 때까지도 좀비는 여전히 붉게 충혈된 눈알을 굴리고 입을 오물거렸다. 창석에게 말했다.

"역시 머리를 없애야 죽나 봐요."

"일단 자빠졌으니까 가자."

가슴과 목에서 시커먼 피가 콸콸 쏟아져 나오는데도 여전히 살아서 꿈틀대는 좀비에게서 눈을 뗄 수 없었다.

"떼로 다니지 않으면 별거 아니구만."

앞장선 창석이 중얼거렸다. 좁은 골목길이 끝나자 큰길이 보였다. 6차선 정도의 넓은 도로에는 중간중간 멈춰선 차들이 보였고, 몇 대는 불에 타버렸거나 타는 중이었다. 나는 그냥 지나가자는 창석의 말을 무시하고 스페츌러에 붙은 손거울로 주변을 꼼꼼하게 살폈다. 주변은 괜찮았지만 조금 떨어진 지하철 상수역 입구에서 뭔가 움직이는 기미가 보였다. 바닥에 엎드려서 살짝 고개를 내밀자 지하철 역 계단에서 좀비들이 하나둘씩 걸어 나오는 게 보였다.

"지하철 역 입구에 좀비들이 나오고 있어요. 이쪽으로 오는 거라 마주칠 것 같은데요."

"저쪽이 고갯길이라 그 너머로 돌아가면 못 볼 거야. 저쪽으로 돌아가서 극동 방송국 뒷길로 가자."

창석이 지하철 역과 반대방향에 있는 오르막길 쪽을 쳐다보며 얘기했다.

"그쪽 길 잘 아세요?"

"그럼, 옛날 가게가 거기 있었거든."

"잘됐네요."

창석이 앞장서서 골목길을 달려 나갔다. 일일이 살펴볼 엄두가 나지 않았다. 붉은색 벽돌로 만든 다세대 주택들이 줄지어 선 두 번째 골목 입구에 시신이 하나 더 누워 있었다. 앞장선 창석이 시신의 가슴팍을 찔러보고는 목을 긋는 손짓을 했다. 나는 누워 있는 시신을 외면한 채 창석의 뒤를 따랐다. 극동방송국 옆쪽의 야트막한 오르막길을 지나 미니스톱 편의점 옆에 있는 우리은행 건물에 도착하니 다시 큰길이 나왔다. 아까 건너려던 상수역 쪽에 높은 언덕이 자리 잡고 있어 그쪽이 보이지 않았다.

"저쪽이야."

우리은행 건너편에는 2층 상가건물과 높다란 오피스텔, 그리고 재개발공사 중인 현장이 보였다. 2층 상가건물과 재개발공사 중인 현장 사이의 좁은 골목길을 가리키며 물었다.

"저기로 가면 됩니까?"

"막다른 길이야. 거기 말고 저쪽 대각선에 GS25 보이지? 그쪽으로 쭉 들어가서 인생약국 사거리 지나서 조금 더 가면 당인약국 삼거리가 나와. 거기서 오른쪽으로 골목으로 들어가면 성산중학교랑 합정시장 나오고 거기서 조금 더 가면 합정역 사거리야. 그 건너편이 M타워지."

"성산중학교랑 합정시장은 위험해요. 돌아갈 수 있는 길이 있을까요?"

내 질문에 창석이 얼굴을 찡그리며 고개를 저었다.

"좀비들도 별로 없는 것 같은데 그냥 가지?"

"언제까지나 운이 좋을 수는 없잖아요."

나는 숨을 헐떡이며 뒤따라오는 성철과 주혜를 쳐다보면서 대답했다. 머릿속으로 갈등이라는 단어가 떠올랐다. 다행히 창석은 내 뜻을 따랐다.

"성산중학교 뒤쪽 골목으로 돌아가서 한의원이 있는 쪽으로 빠지면 될 거야. 내가 앞장설게."

나는 배낭에서 꺼낸 물을 한 모금씩 나눠주며 두 사람에게 어디로 갈지 얘기해주고 잘 따라오라고 얘기했다. 손을 꼭 잡은 두 사람은 고개를 끄덕거렸다. 도로 주변을 살피고 따라오라는 손짓을 하자 네 명이 우르르 건너갔다. GS25편의점까지 단숨에 뛰어간 네 사람은 숨을 헐떡거리면서 골목길로 들어갔다. 육중한 다세대 빌라들이 좁은 골목길 양편을 차지했다. 몇 군데는 불이 났는지 검게 그을린 창문이 깨져 있었고, 그을음이 벽에 들러붙었다. 평상시라면 별생각 없이 지나갔겠지만 어디서 좀비들이 튀어나올지 모른다고 생각하니 쉽사리 발걸음이 떨어지지 않았다. 거기다 한쪽에 나란히 주차된 차들 때문에 골목길도 매우 비좁았다. 차들이 급하게 빠져나가려다 부딪쳤는지 SM5 보닛 위에 연두색 마티즈가 올라탄 게 보였다. 평상시와 다름없는 하루를 보내다 무자비한 선택을 강요받은 주민들을 떠올렸다. 해가 높아지면서 몸에 땀이 나기 시작했다. 골목길이 조금 넓어지자 다세대 빌라들 사이로 새로 지은 빌딩들이 보였다. 노란색 유치원 승합차의 운전석에는 누군가 핸들에 머리를 기댄 채 엎드려 있었다. 평상시라면 비명이 나올 만한 상황이었겠지만 이제 시체는 아무렇지도 않았다. 승합차 안에 누구 있는지 살펴보고 있는데 성철이 주혜에게 말하는 소리가 들렸다.

"저기가 M타워 맞아?"

괴산군 직판장이라는 간판이 붙은 붉은색 슬레이트 지붕 너머로 울퉁불퉁하고 각진 푸른색 빌딩이 보였다. 볼 때마다 안 어울리게 꼴불견이라고 욕했던 건물이었지만 막상 보게 되자 눈물이 왈칵 쏟아졌다. 군데군데 유리창이 깨진 것이 보였지만 멀쩡하게 서 있었다.

"저쪽으로 가서 합정 시장을 따라서 쭉 가면 우리 은행 건물이 나와. 거기서부터 큰길 따라 가면 금방이야."

턱 밑에 맺힌 굵은 땀방울을 손등으로 훔친 창석이 말했다. 여전히 불안했지만 M타워를 본 순간 나도 마음이 급해졌다. 그가 아무 대답도 하지 않자 창석이 씩 웃으며 앞장섰다. 주저하던 나도 뒤따라갔다. 길이 넓어지면서 곳곳에서 좀비가 나타났다. 첫 번째 좀비는 사거리 한 귀퉁이를 차지하고 있던 로마 음악 학원에서 나왔다. 체크무늬 남방에 회색 바지 차림의 나이든 좀비는, 인간이었던 때 가지고 있던 관절염 때문인지 절뚝거리며 다가왔다. 한걸음에 달려간 창석이 창으로 머리를 찔렀다. 툭 하는 소리와 함께 좀비의 머리는 잘 익은 과일처럼 터져 나갔다. 머리가 양쪽으로 갈라져버리자 좀비는 배터리가 다 된 장난감 인형처럼 주저앉아버렸다. 두꺼운 유리로 된 음악 학원의 현관문 안쪽에 그림자들이 어른거렸다. 나는 창석에게 그대로 지나가라는 손짓을 하고는 후다닥 뛰었다. 덕분에 네 사람 모두 음악 학원 안의 좀비들이 나왔을 무렵에는 제법 거리를 둘 수 있었다. 기괴한 울음소리를 들은 좀비들이 골목길 여기저기에서 모습을 드러냈지만 네 사람은 계속 달리면서 사이를 빠져나갔다. 하지만 도로가 보일 무렵 골목길을 빠져나가려던 자동차들이 연쇄충돌을 일으켰는지 마구 뒤엉켜 있는 게 보였다. 다행히 안경점과 넘어진 푸른색 1톤 트럭 사이로 좁은 틈새가 보였다. 앞장선 창석이 틈새로 빠져나가는 것을 보고 나는 숨을 헐떡거리며 틈새로 몸을 날렸다. 하지만 배낭이 걸리고 말았다. 겨우 몸을 비틀어 빠져나오려는 찰나, 도로 건너편 치킨집과 핸드폰 가게 사잇길로 한 무리 좀비들이 다가오는 것이 보였다. 창석은 이미 합정역 방향으로 뛰어가고 있는 중이었고, 성철과 주혜는 아직 골목길을 빠져나오지 못한 상태였다. 나는 창을 고쳐 잡고 좀비들 앞을 막아섰다. 선두에 선 키 큰 남자 좀비는 카페에서 쓰는 검정색 앞치마를 두르고 있었다. 가게를 지키다가 최후를 맞이한 걸까? 낑낑대며 빠져나오는 두 사람을 곁눈질로 보면서 소리쳤다.

"빨리 도망쳐요."

두 사람은 들고 있던 창을 내팽개치고는 M타워가 있는 합정역 쪽으로 뛰었다. 시간을 벌었다고 생각했던 나 역시 슬슬 뒷걸음질을 쳤다. 그 순간 검정 앞치마를 두른 좀비가 갑자기 덤벼들었다. 내가 들고 있던 창은 정확하게 앞치마로 가려진 가슴팍을 찔렀다. 뼈가 부서지는 소리와 함께 좀비가 몸부림을 치는 바람에 창끝에 고정시킨 칼이 빠져버렸다. 나는 칼이 빠져버린 창을 버리고 M타워 쪽으로 뛰었다. 수백 마리로 불어난 좀비들이 아우성을 치며 뒤를 쫓아왔다. 괴성을 듣고 나타난 좀비들이 앞을 가로막는 바람에 다시 골목길로 뛰어들어가야만 했다. 골목길에 떨어진 수능 학원 간판을 훌쩍 뛰어 넘어 정신없이 뛰었다. 하지만 세탁소가 있는 커브에서 좀비들과 마주쳤다. 붉은색 반바지를 입은 여자 좀비의 손끝을 아슬아슬하게 피해 옆 골목으로 몸을 날려 정신없이 내달렸다. 중간에 골목길을 가로막은 붉은색 소나타를 훌쩍 넘어가면서 잠시 한숨을 돌렸다. 대부분의 좀비들이 차에 막혔고, 뒤따라오는 좀비들의 숫자가 줄어든 것이다. 하지만 숨이 턱까지 차올라 더 이상 달리기 힘들었다. 후들거리는 다리를 겨우 지탱하는데 예전에 맛집 블로그를 운영할 때 몇 번 들른 적 있던 공주설렁탕집 간판이 보였다. 높다란 계단 위의 현관문이 열려 있는 것을 확인하고 안으로 뛰어들었다. 다행히도 안에는 좀비가 보이지 않았다. 곧장 주방 옆에 있는 좁은 계단을 타고 다락방처럼 된

2층으로 올라가 무작정 눈에 보이는 아이스박스로 입구를 막았다. 좀비들이 설렁탕집 안으로 몰려들어오는 소리가 들리자 나는 발뒤꿈치를 들고 창가로 걸어갔다. 총알에 맞아서 깨진 유리조각들이 창가 주변에 점점이 흩어져 있었다. 창가에서 바라본 합정역 사거리는 완전 전쟁터였다. 도로에 뒤엉킨 자동차와 버스들은 불에 타 앙상한 뼈대만 남거나 불타는 중이었다. 주변에는 좀비인지 사람인지 모를 시체들이 즐비해 있었다. 설렁탕집이 있는 건물을 비롯해 합정역 주변 건물들의 유리창은 모두 깨져버렸고, 벽에도 총알구멍이 숭숭 뚫려 있었다. 지칠 대로 지친 우리는 조심스럽게 벽에 기대앉았다. 다행스럽게도 좀비들은 2층 계단을 발견하지 못했는지 올라올 기미를 보이지 않았다. 물러날 때까지 숨어 있기로 결정하고 배낭에서 꺼낸 생수를 벌컥벌컥 마셨다. 죽음이 바로 앞까지 찾아왔다가 사라졌다는 사실이 믿겨지지 않았다. 하지만 몸은 그걸 기억하는지 계속 떨렸다. 나는 떨리는 손으로 배낭을 열고 매뉴얼을 꺼냈다. 오늘 이 경험을 남겨놓기 위해서.

## 생존 매뉴얼 - 이동

경험상 거점에서 정보를 획득하고 여러 가지 정보를 통해 이동 루트가 결정되면 다음으로 해야 할 일은 바로 이동 수단과 코스를 결정하는 것이다. 여러 가지 방법이 있지만 고려해야 할 변수들 역시 만만치 않기 때문에 모든 상황을 고려하여 신중하게 결정해야 한다. 가장 우선시해야 하는 건 자신을 포함한 일행의 안전이다. 이와 연관해서 위험지역인 인구밀집 지역을 가로질러 가는 게 좋은지, 아니면 시간이 걸리더라도 우회하는 게 좋은지 고민해봐야 한다. 일행이 있다면 독단적으로 결정하지 말고 차분하게 토론을 벌여서 모두의 합의를 이끌어내야 한다. 합의가 끝나면 각자의 임무를 배정한다. 휴대용 GPS와 지도가 있다면 큰 도움이 되지만 당신이 충분히 훈련되지 않았다면 오히려 혼란에 빠질 수 있다. 특히 표지판을 보고도 길을 못 찾는 길치라면 더더욱. 그러니까 출발 전에 루트를 가급적 통째로 머릿속에 넣어야 한다. 확실하지는 않지만 좀비들은 생전에 자주 갔거나 익숙한 장소를 배회하는 것으로 추측된다. 따라서 평소에 사람들이 많이 다녔던 곳은 반드시 피해야 한다.

## 이동수단

어떤 이동 수단을 사용하느냐에 따라서 생존확률은 큰 차이가 날 것이다. 주변 상황과 손에 넣을 수 있는 이동 수단을 잘 파악하여 선택하는 게 중요하다. 여기서 주의할 점은 손쉬운 이동수단을 확보하기 위해 무리하지 말라는 것이다. 자칫하면 장비도 손에 못 넣고, 위험에 처할 수 있기 때문이다. 또 하나 주의할 점은 여기는 대도시만 벗어나면 도로가 뚫린 미국이 아니라는 점이다. 골목길마다 주차가 되어 있고, 도로에는 차들이 가득하다. 이런 상황은 좀비사태가 터졌을 때 더 악화될 가능성이 높다. 따라서 도로 상태 역시 염두에 둬야 한다.

### 자동차

만약 안전지역이 거점 근처며, 도로가 뚫려 있고, 기름이 꽉 찬 자동차의 키가 당신 손에 있다면 망설일 필요는 없다. 당장 차에 짐을 싣고 시동을 걸고 출발하면 그만이다. 좀비가 운전할 리는 없으니 경계를 선 군인들의 오인사격을 받을 일도 없다. 혹시 좀비가 나타날 줄 모르니 덥다 해도 창문은 꼭 닫고 아니면 약간만 열어두자. 하지만 이런 행운이 당신 앞에 나타날 가능성은 극히 적다. 또한 도로에는 무작정 뛰쳐나와서 우왕좌왕하다가 감염된 좀비들이 남아 있을 가능성이 높다. 도로가 다른 차들과 장애물로 막혀 있거나 좀비들이 우글거린다거나, 가는 길이 익숙하지 않다면 미련 없이 포기해라. 단, 도로 상태가 돌파가 가능하다면 갈 수 있는 데까지는 가는 것이 좋다. 두 다리보다는 자동차가 훨씬 빠르고 안전하니까.

실제로 거리에 나가본 결과 도심지의 경우 멈춘 차들로 가득했기 때문에 차량으로 이동하는 것은 거의 불가능해보인다.

### 오토바이와 스쿠터, 자전거

오토바이와 스쿠터, 자전거는 외부의 공격에 취약하다는 단점이 있긴 하지만 대신 자동차가 못 가는 좁은 골목길이나 막힌 곳을 우회할 수 있다는 장점이 있다. 이동이 하루 넘게 걸릴 경우 자동차를 밖에 세워놓는 것은 은신처가 탄로 날 경우가 있다는 것을 의미한다. 오토바이나 스쿠터, 자전거는 은신처 안에 넣을 수 있기 때문에 상대적으로 안전하다. 자동차와 마찬가지로, 자전거를 제외한 오토바이와 스쿠터는 연료와 도로상태, 도착지까지의 거리를 감안해야 한다. 문제는 자동차와는 달리 일행들이 모두 탈 수 없다는 점이다. 일행은 많은데 오토바이와 스쿠터, 자전거가 모자란다면, 자칫 서로 타겠다고 분열을 일으킬 수 있기 때문에 어떻게 할지 현명하게 판단해야 한다. 이것들 역시 도로 상태에 따라서 사용 여부를 결정해야 한다.

### 도보

가장 보편적인 방법이다. 사람의 두 다리는 비록 느리지만 자동차나 오토바이가 통과하지 못하는 곳을 돌파할 수 있다. 특히 좀비사태가 벌어지면 도로 상태가 악화될 것은 뻔하고, 해당 지역에 머물던 좀비들이 나타날 가능성이 높다. 따라서 자동차와 오토바이 등의 사용이 불가능하거나 위험해 보인다면 도보 이동계획을 짜야 한다. 자동차와 오토바이를 이용한다고 해도 중간에 문제가 생긴다면 도보로 이동해야 하기 때문이다. 도보이동은 다른 수단보다 많은 준비가 필요하다. 따라서 거점에서 철저하게 준비하고 이동해야 한다. 도보 이동 복장은 되도록 간편하게 한다. 계절적인 요인을 감안해야겠지만 좀비와 조우하거나 뛰어서 이동해야 할 상황에 맞게 가볍게 차려입어야 한다. 좀비들의 공격을 막을 수 있는 옷을 찾는 경우가 있는데 명심해야 할 것은 당신이 가진 최고의 무기는 '두 다리'다. 뛰는 데 방해가 될 만한 것들은 피해야 한다. 위급한 상황에서는 꼭 필요한 것들을 제외하고 무장과 기타 물품들을 버려야 한다. 첫 번째 챕터에서 언급한 대로 복장 중 가장 중요한 것은 바로 신발이다. 구두나 하이힐 같은 것은 절대 피하고 너무 무거운 등산화나 굽이 높은 종류도 전부 안 좋다. 바닥이 튼튼한 운동화나 스니커즈가 필요하다.

　도보 이동에 필요한 물품들은 첫 번째 챕터에서 언급한 피난가방에 좀비들로부터 방어할 무기들이다. 출발 전에 이동루트에 관해서 철저하게 확인하고, 만약에 일행이 흩어질 경우에 대비해 목적지를 명확하게 전달해야 한다. 나만 따라오라는 식의 얘기는 위험하다. 쓸데없는 목소리를 줄일 수 있는 간단한 수신호도 연습해둔다. 너무 복잡하거나 많으면 오히려 혼란을 줄 수 있기 때문에 자주 사용하고 간단한 것으로 설정한다.

　식료품과 식수는 이동 거리에 따라 추가해야 하며, 최소한 예정 이동시간보다 넉넉하게 잡아야 한다. 이동에 하루 반 정도가 소요될 것으로 추정되면 최소한 이틀, 여유가 있으면 이틀 반 정도의 식료품과 식수를 가지고 간다. 일행이 흩어질 것에 대비해서 각자 필요한 것들을 가지고 가되, 선두에 서는 포인트맨과 제일 뒤에 가는 사람이 무장을 했을 경우, 이들의 짐을 다른 사람들이 나눠가진다. 좀비나 약탈자가 나타날 경우에 대비해 각자 어떤 일을 해야 할지도 미리 정한다.

　거리를 이동할 때는 좀비와 약탈자의 존재 유무를 반드시 확인해야 한다. 이런 얘기를 반복하는 이유는 간단하다. 좀비들과 약탈자들이 당신을 먼저 발견하고 매복하거나 공격할 가능성을 없애기 위해서다. 좀비들이 나타나고 약탈자들이 돌아다니는 거리에서 정당한 게임 같은 건 없다. 좀비는 느리고 멍청한 대신 수가 많다. 미로 같은 도시는 도망칠 곳을 제공하지만 반면, 길을 잃거나 막다른 골목에서 좀비와 마주칠 가능성을 높여준다.

불확실성은 당신의 적이라는 사실을 명심해라. 낯선 도시 역시 당신에게 불리하게 작용한다. 사실 좀비가 돌아다니는 거리를 통과한다는 것 자체가 이미 실패한 것이나 다름없다. 앞의 과정들은 한두 차례의 실패를 겪는다고 해도 만회할 기회가 있지만 이동 과정 중의 실수나 잘못은 큰 대가를 치르게 된다. 생존을 위한 긴장감은 강할수록 도움이 된다. 초반의 행운을 믿지 말고 끝까지, 마지막 감염지역을 벗어나는 순간까지 긴장을 풀지 말고 의심해야 한다. 그래야만 좀비가 되지 않고 살아남을 수 있다.

### ※ 도보 이동 시 주의사항
좀비 영화가 유행하는 이유는 싸게 찍으면서도 흥행을 노릴 수 있기 때문이다. 그리고 중간중간 쫓아오는 좀비와 쫓기는 사람들 간의 적당한 액션 장면을 넣기도 좋다. 영화를 보면 대략 살 사람과 죽을 사람이 나눠지지만 현실에서는 그렇지 않다. 영화 주인공처럼 나서다가 제일 먼저 죽을 수 있다. 명심해야 할 것은 이 상황까지 오게 된 것이 전적으로 자신의 오판과 실수 탓이라는 점을 인정하는 것이다. 진작 눈치채고 빠져나갔다면 이런 고민과 걱정을 할 필요는 없다. 거기다 만약 도로가 뻥 뚫려 있고, 좀비들의 이빨이나 손톱에는 흠집도 안날 현금수송차가 있으며, 화끈하게 쏴댈 기관총 몇 자루와 충분한 탄약이 있다면 역시 크게 걱정할 필요 없다. 아니면 안전지역까지 가기에 충분한 연료가 있는 비행기나 헬리콥터가 있다면 역시 고민할 필요가 없다. 하지만 우리나라 현금수송회사들은 비싼 기름 값 때문에 현금수송차량 대신 일반 승합차를 쓴다. 기관총이 시내 한복판에 굴러다닐 일도 없고, 비행기나 헬리콥터 역시 그럴 일은 없다. 그러니 도보로 탈출할 수밖에 없게 되면 이동 루트를 짤 때 좀비와의 전투도 염두에 둬야 한다. 주의할 것은 좀비들의 습성이다. 최근 좀비 영화를 보면 뛰는 좀비들이 나오지만 이것은 어디까지나 관객들의 눈을 즐겁게 하기 위한 장치다. 하지만 당신 역시 느리기 때문에 좀비가 느리게 걷는다고 만만하게 보면 큰 코 다친다. 좀비들은 두려움도 없고, 고통도 모른다. 좀비들이 정상적인 두뇌가 없다는 점은 예측을 할 수 없다는 것이기 때문에 상황을 잘못 판단하게 만들기도 한다. 좀비들이 활동하는 거리를 지나가기 위해서는 다음과 같은 점을 명심해야 한다.

1. 두려워하라.

인생은 잘 풀린다 싶으면 문제가 생기고, 안 풀린다 싶으면 더 큰 문제가 생기는 법이다. 이때까지 살아 있다면 좀비에 대해 지나치게 두려워할 필요는 없지만 뒤집어 생각하여 별것 아니라는 자만심을 가져선 안 된다. 실수의 대가는 당신의 목숨이다. 감염지역 안을 어슬렁대는 좀비대열에 합류하고 싶지 않으면 내가 저들보다 우월하다는 근거 없는 자신감은 버려야 한다. 당신은 먹잇감에 불과하다. 살고 싶으면 좀비들을 두려워하라.

2. 신중해라.

두려워하면 자연스럽게 신중해진다. 이동을 하다 보면 모험을 하고 싶은 유혹을 느낄 때가 많을 것이다. 하지만 목숨을 건 도박은 이길 확률보다 질 확률이 높다. 모든 것이 순조롭게 풀려도 마지막 한 고비를 못 넘기면 결과는 마찬가지다.

당신은 좀비들의 사냥감이다. 호랑이나 표범 같은 맹수들이나 모험을 하는 법이다.

## 3. 긴장을 풀지 마라.

긴 거리를 이동하다 보면 초반의 긴장감이 흐트러지기 마련이다. 그래서 얼쩡거리는 한두 마리 좀비를 보고 그동안 쌓인 스트레스를 풀기 위해 덤벼들려고 마음먹을지도 모른다. 하지만 한두 마리의 좀비 뒤에는 역시 어마어마한 좀비들이 서성이고 있다. 목적지를 눈앞에 두고 좀비들의 먹잇감이 되고 싶지 않으면 마지막 순간까지 긴장을 풀어서는 안 된다.

## 4. 늘 준비해라.

바꿔서 말하면 최악의 상황을 예상하고 행동하라는 뜻이다. 좀비사태가 일어나고 당신이 그 한복판에 남는 것도 안 좋지만 더 안 좋은 상황은 최악의 상황이 얼마든지 발생할 수 있다는 얘기다. 이동루트도 하나만 짜지 말고 우회로와 그 우회로의 우회로까지 염두에 둬야 한다. 계획대로 될지 안 될지는 모르지만 뜻밖의 상황에 마주쳤을 때 아무 생각 없는 것보다는 낫다. 더군다나 좀비에게 쫓겨 정신없이 도망치다 보면 목적지와 반대 방향으로 혹은 전혀 모르는 곳으로 갈 수도 있다. 먼저 도망친 범인이 뒤따르는 경찰이나 형사한테 항상 붙잡히는 것은 어디로 도망갈지 고민하기 때문이다. 좀비한테 붙잡히면, 묵비권을 행사해도 된다는 미란다 원칙을 듣거나 수갑에 채워지는 대신 곧장 뱃속으로 들어간다는 점을 명심해라.

5. 먼저 발견할 것.

이동 수칙 중 가장 중요한 것일 수도 있다. 좀비건 약탈자건 상대방이 먼저 당신을 봤다는 얘기는 제물이 될 가능성이 높아졌다는 얘기다. 일단 먼저 공격을 받으면 대처할 시간이 없고, 동료들은 뿔뿔이 흩어져버릴 것이다. 공포감은 방향감각과 평정심을 앗아가버려 판단력을 흐리게 만든다. 이런 상황 자체를 만들지 않기 위해서는 이동 중 늘 주변을 살피고 조심해서 발각되지 않아야 한다. 이 점은 동료들에게 충분히 주의시켜야 한다.

6. 무기 사용을 최소화하라.

내 손에 무기, 그러니까 총이 쥐어져 있다고 안심하지 마라. 좀비들은 총알보다 많으며, 결정적으로 총알을 무서워하지 않는다. 설사 사격의 명수라고 해도 표적에 쏘는 것과 움직이는 좀비를 쏘는 것은 틀린 얘기다. 총은 생각보다 잘 고장 난다. 특수부대가 항상 부무장으로 권총을 가지고 다니는 건 폼이 아니다. 그동안 쌓인 스트레스를 푼다고 좀비들에게 신나게 총을 쏘다가 막다른 골목에서 총알이 떨어졌거나 총이 고장 나는 일이 바로 당신에게 일어날 수 있다. 총이 아닌 다른 무기들도 마찬가지다. 당신 손에 쥐어진 무기들은 어디까지나 방어용이고, 가장 좋은 일은 좀비들의 피를 안 묻히는 것이다.

7. 협동하라.

아무리 준비가 되었다고 해도 동료들의 도움과 지지 없이는 이 난관을 이겨낼 수 없다. 거점에서 하나하나 지식을 전수해주고, 행동요령을 알려주면서 신뢰를 쌓아가자. 그래야만 서로 도와 가면서 위기를 넘길 수 있다.

8. 적당한 휴식은 필수.

명심해야 할 것은 상황이 이렇게 되었다고 없던 체력이 생기지 는 않는다는 점이다. 결정적인 순간 당신의 체력은 기대를 저버 릴 수 있다. 기계문명에 찌들어 운동을 외면한 현대인들의 체력 은 바닥 수준이다. 서두른다고 휴식 없이 강행군을 하다가는 중 간에 낙오자가 생기거나 결정적인 순간에 힘을 내지 못할 수 있 다. 출발 전 몇 번을 쉴 것인지 미리 얘기하고, 휴식시간을 언제, 얼마나 가질지, 식사는 언제 할지 결정하라. 상황에 따라 융통 성을 발휘해야 하지만 그것 역시 동료들과 충분히 상의한다. 휴 식은 주로 집이나 건물의 2층 혹은 옥상을 선택하는 게 안전하 다. 휴식 중에도 주변 경계는 철저하게 한다.

9. 야간 이동은 금물이다.

해가 떨어지는데 욕심을 부리는 것은 치명적인 실수다. 시야가 극도로 좁아지기 때문에 주변의 위협에 제대로 대응할 수 없다. 특히 숨기 쉬운 도심지의 경우에는 무심코 지나친 곳에 숨어 있던 좀비가 당신을 덮칠 수도 있다. 따라서 해가 떨어지면 즉시 안전한 은신처를 찾아서 이동을 멈추고 휴식을 취한다. 보통 건물의 2층이나 단층 건물의 옥상을 이용하고 계단은 없애거나 혹은 보초를 세워 비상사태에 대비한다. 혹시나 야간 망원경이 있다고 이것만 믿고 이동하겠다는 생각을 가질 수도 있는데 야간 망원경 역시 평상시보다 시야가 좁아진다. 거기다 녹색으로 보이는 화면에 익숙하지 않는 경우 눈앞에서 꿈틀대는 게 좀비인지 바람에 날린 비닐봉투인지 분간하지 못할 수도 있다. 야간 망원경이 있다면 은신처에서 주변을 감시하는 정도로 만족해야 한다.

10. 주의하라.

좀비사태에 대처하는 데 있어 가장 중요한 것은 매사 주의를 기울여야 한다는 것. 어떤 단계든 충분한 위험성을 평가해야 하고, 그에 따라 행동해야 한다. 자신의 용감함을 드러내기 위해 혹은 자포자기의 심정으로 좀비들의 주의를 끄는 행동을 하는 경우가 종종 발생한다. 좀비사태 속에서 사람들이 살아나려고 발버둥 치는 이유는 살아서 가족들과 만나기 위해서다. 순간의 방심과 오판은 치명적인 결과를 가져온다. 그것이 무엇이 되었든 당신이 상상하는 최악의 결과를 가뿐하게 뛰어넘을 것이다. 이 모든 주의 사항들을 잘 지켜냈다고 해도 마지막 순간 누구나 실수를 할 수 있다. 좀비를 두려워하지 않았기 때문에 벌어진 일일 것이다. 타인의 판단과 예측에 당신의 남은 인생을 맡기고 싶지 않다면 쓸데없이 희망적인 얘기에 귀 기울일 필요가 없다. 자신이 가지고 있는 공포와 두려움, 그리고 한계를 솔직하게 인정하자. 그러고 나면 좀비들의 손아귀를 피해서 살 길이 보인다.

## 이동 요령

### 도로

길고 쭉 뻗은 도로는 목표를 향해 제대로 가고 있다는 안도감을 준다. 거기다 군데군데 있는 표지판들은 길을 잃고 헤맬 걱정을 덜어준다. 하지만 좀비사태가 터진 도시에서의 도로는 그 어떤 곳보다 위험하다. 좀비들이 인간이었을 때의 습관과 기억들을 얼마만큼 가지고 있을지는 명확하지 않다. 하지만 보통 인간이었을 때 자주 갔던 곳에서 더 활발하게 움직이는 것으로 보인다. 따라서 인간이었을 때의 기억을 약간은 가지고 있는 것으로 추측된다. 따라서 도로처럼 사람들이 자주 왕래하던 곳은 좀비들도 많이 있다고 봐야 한다. 더군다나 넓은 도로는 좀비나 약탈자들에게 들키기 쉽고, 마주쳤을 때 피할 만한 곳을 찾기 쉽지 않다. 수색을 하지 않은 길가의 상점들 역시 위험한 것은 마찬가지다. 또 한 가지 위험요소는 바로 자동차다. 도로에 멈춰선 자동차들은 괜찮은 은신처라고 오해하기 쉽다. 하지만 차 안에는 자기가 물린 줄 모르고 차를 몰고 나왔다가 변해버린 좀비가 앉아 있을 가능성이 높다. 거기다 차에 치여 다리나 척추가 부러져 기어 다니던 좀비도 차 밑에서 당신의 발목을 노릴 수 있다. 4차선 이상의 도로는 가급적 피하고, 불가피하게 이용할 때는 가로질러 가거나 짧은 거리를 이동할 때만 사용한다. 도로를 가로질러 갈 때는 코너에서 일단 멈춰서 주변에 좀비나 약탈자들이 있는지 확인하고 건너간다. 도로로 이동할 때는 좀비들이 숨어 있을지 모르는 차나 상점으로부터 떨어져 움직인다. 동료들 간의 간격은 약 1미터 정도 유지하면서 서로 경계 방향을 정한다. 즉 제일 앞장선 사람이 정면을 주로 살펴보고, 다음 사람은 도로와 접한 상점들을 경계하고, 그 다음 사람은 도로에 세워진 차들을 살펴보는 식으로. 도로 이동 중에 좀비와 마주쳤을 때는 일단 거리와 숫자를 파악하고 우회로를 신중하게 선택한다. 갑작스럽게 마주쳐서 피할 상황이 되지 않는다면 신속하게 제압하고 현장을 벗어나야 한다. 꼭 도로를 따라가야 한다면 바로 옆의 좁은 길을 이용하자.

### 골목길과 이면도로

골목길과 이면도로는 도로보다 안전하지만 어디까지나 상대적이다. 좀비들이 우글거리지 않는 대신 햇빛이 잘 들어오지 않아서 주변을 살펴보는 데 어려움이 있고, 길을 잃기 쉽다. 또한 좀비에게 쫓겨 무작정 뛰어 들어간 곳이 막다른 골목일 확률도 높다. 도로는 최악의 경우 위험을 무릅쓰고 근처 상가로 피할 수 있지만 골목길의 집들은 대부분 높은 담장과 굳게 닫혀 있는 문으로 둘러싸여 있기 때문에 유사시 피하기도 어렵다. 따라서 골목길을 이동할 때는 막다른 곳인지 아닌지 확인하는 것이 가장 중요하다. 골목길에서 좀비를 만나면 일단 뒷걸음질로 물러나 우회로를 찾는다. 이때 중요한 것은 서로 엄호해줘야 한다는 것. 위험도가 높지만 상대적으로 숨을 곳이 많은 도로와는 달리 골목길과 이면도로는 일행이 흩어지기 쉽고, 길을 잃기는 더 쉽다. 둘 다 생존율을 낮추게 되는 문제들이다. 일단 골목길에 나타나는 좀비들은 상대적으로 숫자가 적을 가능성이 높다. 따라서 우르르 몰려서 도망치지 말고 무장한 사람이 엄호하는 사이 다른 동료가 우회로나 숨을 곳을 찾아라. 막다른 골목이나 좀비들의 숫자가 많을 경우엔 일행 중 한 명을 골목길에 있는 집 담장 위로 넘겨 문을 열게 한 후 안으로 피신해서 대문을 닫아버리자. 대문이 튼튼하면 도망칠 시간을 벌 수 있다.

### 다리

강 위에 놓인 다리는 건너기 직전이나 직후, 그리고 다리 위에서 이동할 때 모두 위험하다. 양쪽에서 좀비들이 나타나면 그대로 포위되기 때문이다. 영화에서 나오는 것처럼 강으로 뛰어내리는 방법은 별로 추천하고 싶지 않다. 일단 강물 속에도 좀비가 있을 수 있고, 서울의 경우 한강 정도를 제외한 대부분의 강들은 수심이 매우 얕은 편이다. 잘 뛰어내린다 해도 가지고 있는 장비들이 망가지거나 분실될 가능성도 있다. 기적적으로 안 다치고 뛰어내려 육지에 올라와도 물에 젖은 옷을 입고 달리는 건 불가능하다. 그리고 좀비는 꼭 그럴 때 나타난다.

### 교차로

전쟁터에서도 도심지는 극한 위험 지역이다. 그리고 도심지

중에서 가장 위험한 곳이 바로 교차로다. 4차선 이상 되는 도로나 신호등이 있는 사거리를 건널 때는 극히 조심해야 한다. 지나가는 것들도 눈에 잘 띄며, 특히 넓고 인적이 없는 곳에서 사람은 눈에 잘 띄는 존재다. 좁은 골목길의 코너 같은 경우는 잠깐 살펴보고 이동에 대한 결정을 내릴 수 있지만 넓은 교차로의 경우에는 건너가는 시간이 길기 때문에 그사이에 좀비에게 발각될 수 있다. 교차로 중간에 숨을 만한 곳이 있다면 그곳에 일단 멈춰서 다시 살펴보고 이동하는 것이 안전하다. 머리를 내놓고 두리번거리는 짓은 좀비에게 "나 여기 있어요!"라고 광고하는 꼴이다. 불편하고 어색하더라도 잠망경을 쓰거나 군대에서 쓰는 대로 엎드려서 머리를 내미는 식으로 최대한 노출을 피해야 한다.

### 광장

좀비들이 넓은 장소를 선호하는지는 잘 모르겠지만 탁 트인 광장은 눈에 잘 띄는 곳이기 때문에 어슬렁대지 말아야 한다.

## 이동 간 전투

이동하는 과정에서 최대한 조심한다고 해도 불가피하게 좀비와 마주칠 수 있다. 이럴 때는 눈에 띄지 않게 숨거나 도망치는 게 최선이지만 그럴 수 없는 경우 최대한 신속하게 좀비를 없애는 게 중요하다. 전투 방식은 가지고 있는 무기의 종류와 동료들의 숫자에 따라 달라진다. 기본원칙은 빈틈없는 포위와 빠른 제압이다. 승리하는 것이 전투의 목적이라면 좀비와의 싸움에서는 기대하지 않는 게 좋다. 좀비는 죽음에 대한 두려움이 없고 고통도 느끼지 못한다. 따라서 죽음에 대한 두려움이나 공포감으로 제압할 수 없다. 또한 피해가 발생하면 후퇴했다가 재편성을 하는 개념도 없다. 오직 인간에 대한 뿌리 깊은 공격본능뿐이다. 따라서 좀비와 마주치면 대항한다거나 맞선다는 생각은 버려야 한다. 비겁하다거나 남자답지 못하다는 자책감 역시 버려야 한다. 여기 나오는 전투 요령은 좀비가 활개치는 세상에 살고 있을 것이라고는 상상하지도 못했던 당신에게 살짝 전해주는 주의 사항 같은 것이다. 아주 길고 세세하지만 짧게 요약하자면 '좀비와 싸우지 말라'는 것이다. 하지만 살다 보면 어쩔 수 없이 해야 하는 일이 있는 것처럼 거리에서 좀비와 마주쳤는데 피할 시간적 여유가 없다면 부득이하게 싸워야만 한다. 그럴 때는 최대한 빨리, 그리고 조용하게 처리할 것. 좀비가 만만하고 멍청하게 보인다고 쉽게 생각하지 마라. 다시 말하지만 그것은 공포도, 고통도 모른다. 팔 하나가 잘리거나 다리가 떨어져나가도 당신을 물어뜯고 잡아먹기 위해 덤벼들 것이다. 동료의 머리가 날아가도 겁을 먹거나 도망치지 않는다. 그러니 여기 나오는 전투요령들은 최악의 순간에서 더 최악으로 빠져드는 것을 막기 위한 방편으로 생각하라. 여기 나오는 매뉴얼들은 정답, 혹은 정답에 가깝지만 계속 쓸 수 있는 문제들이 아니다. 그렇기 때문에 눈앞에 보이는 것만 믿지 말아라. 앞에 한두 마리 얼쩡댄다고 별생각 없이 다가갔다가 숨어 있던 좀비 떼와 마주치는 불상사를 겪을 수도 있다. 좀비와 싸우는 것은 불가피한 상황에서 안전하기 위함이다. 좀비를 소탕하는 건 정부와 군대의 몫이고, 당신은 살아남는 것이 우선이다.

**총기류**

총은 자동차와 더불어 남자의 로망이다. 그리고 좀비에 대항하는 가장 적합한 무기이기도 하다. 동시에 쓸데없고 근거 없는 용기를 불러일으켜 일을 복잡하게 만드는 물건이기도 하다. 우리나라의 경우 좀비사태가 끝날 때까지 구경도 못 해볼 확률이 높다. 또한 탄약을 손에 넣지 못할 경우도 고려해야 한다. 여기나와 있는 요령들은 전문가들의 총기 사용방법들이다. 몇 번 따라하거나 흉내 낸다고 익힐 수 있는 것들이 절대 아니다. 그리고 당신은 총소리나 반동에도 익숙하지 않다. 그러니 여기 나온 것들은 만약을 대비한 사항으로 생각해야 한다.

군용 자동소총은 당신이 손에 넣을 확률이 가장 높은 총기류다. 만약 손에 넣게 된다면 일단 확인해야 될 것이 바로 총의 상태와 탄약이다. 탄약은 무조건 챙기고, 총은 꼼꼼하게 점검해야 한다. 가장 중요한 것은 약실의 청결상태와 노리쇠의 작동 여부다. 군대에서 배운 대로 노리쇠를 몇 번 당겨 상태를 확인하는 것과 동시에 약실이 깨끗한지를 확인한다. 여유가 된다면 분해해서 가스 활대와 총열 내부를 깨끗하게 청소한다. 이동 중 거리에서 획득한다면 탄약 확보와 약실 상태를 우선 확인한다. 소총은 대열의 선두에 서는 포인트맨에게 주되, 직접 선두에 서지 않으면 사격권한을 통제하도록 한다. 기타 자세한 사항은 생존 매뉴얼의 두 번째 챕터, 무장의 총기류 항목을 참조하라.

이동 중엔 군대에서 배운 '엎드려쏴' 자세를 거의 취할 일이 없다. 대부분 '서서쏴' 자세를 취해야 하는데 전문용어로 로우 레디Low Ready다. 즉 발사 준비가 완료된 소총의 총구를 전사수의 전방 45도 아래로 내린 상태를 유지해야지만 즉각 사격에 유리하다. 개머리판은 되도록 가슴에 가깝게 붙여야 하는데 이는 사격시의 반동을 몸이 흡수하고 조준을 쉽게 하기 위함이다. 이런 자세로 이동하는 것은 고도의 긴장감을 유지해야 하기 때문에 훈련되지 않은 사람에게는 굉장히 버겁다. 따라서 여유가 된다면 거점에서 충분한 훈련을 해야 한다. 탄약은 장전된 상태를 유지해야 하며, 목표물에 두 발씩 단발로 사격해서 제압하는 더블 탭Double Tap 방식을 써야 한다. 원 샷 원 킬이라고, 좀비 하나당 한 발씩 사격하는 일은 대단히 위험하다. 사람조차도 한 발 맞고 반격하는 경우가 적지 않은데, 좀비는 더 말할 나위 없다. 반드시 두 발씩 사격을 해서 쓰러뜨리고 혹시나 움직이면 머리에 한 발 더 쏴 깔끔하게 끝낼 것. 사격전에는 반드시 주변을 살펴봐야 하는데 이것은 목표물 외에 같은 편에 대한 오인 사격을 방지하고, 급작 사격 직후 화염과 총성 때문에 시야가 좁아지는 터널 비전Tunnel Vision 현상 때문이다. 총성 때문에 멍해 있는 상태에서 다른 좀비의 접근을 눈치채지 못할 수 있기 때문이다. 그것보다 더 문제가 되는 것은 같은 편을 오인해서 쏴버리는 일이다. 총기류 같은 경우 큰 소리가 나기 때문에 사격 직후 바로 이동해 총소리를 듣고 몰려오는 좀비들을 피해야 한다. 권총 역시 소총의 사격자세와 유사하다. 권총은 소총보다 사정거리와 파괴력이 약하기 완전히 제압한다는 욕심을 버려야 한다. 주의할 점은 소총이든 권총이든 사격 후 몇 발이 남았는지 반드시 계산해야 한다는 것이다. 영화 〈괴물〉에서 아들이 탄환 수를 잘못 계산하는 바람에 아버지가 죽는 대참사가 벌어졌다. 실제로 일어난다면 큰 비극이 될 터. 총기류의 사용은 엄격히 제한해야 하는데 특정 지점에 대한 강행 돌파나 우회로가 없는 경우, 좀비들에게 쫓기는데 앞쪽에도 소수의 좀비들이 있는 상황 등 불가피한 경우에만 사용하는 것이 좋다.

### 활과 새총

활로 상대방을 제압할 때 가장 중요한 것은 한 발로 적을 제압할 수 있을지 여부다. 활은 소총이나 권총처럼 여러 발을 쏠 수 없기 때문에 한 번에 제압해야 한다. 따라서 총기류보다는 더 신중하게 쏴야 하며, 바람을 비롯한 여러 가지 요인들을 감안해야 한다. 반면 새총은 그런 부분들에 대한 부담이 적다. 거점에서 연습하여 감을 익혀놔야 한다. 대신 총기류보다는 소음이 적기 때문에 이 부분에 대한 부담은 적은 편이다. 반면 총기류에 비해 상대방을 제대로 제압할 확률이 낮기 때문에 이동을 위해 시간을 버는 용도로 써야 한다.

## 나이프와 도끼를 비롯한 날붙이와 둔기류

총기류보다는 현실적으로 구하기 쉽기 때문에 좀비와 맞닥뜨렸을 때 이것으로 싸울 가능성이 높다. 가장 주의해야 할 점은 거리다. 나이프의 경우 좀비와 바짝 붙어 사용해야 하기 때문에 역습 당하기 쉽고, 피나 체액이 튀어서 전염될 가능성도 높다. 보통의 나이프 격투술은 상대방의 목을 비롯한 급소를 노려 일격에 제압하지만 좀비의 경우는 목에 상처를 입혀도 계속 움직일 가능성이 높다. 따라서 급소보다는 이쪽으로 뻗은 손을 쳐내는 용도로 쓰는 것이 낫다. 나이프의 경우는 가급적 대걸레 자루 등을 붙여서 창으로 만들어 쓰면 좋다. 창을 쓸 때는 2인 1조로 한 명이 좀비를 찔러서 꼼짝 못하게 하는 사이 다른 한 명이 머리를 노려 제압하는 방식을 써야 한다. 일본도와 마체테, 쿠크리의 경우는 좀비의 머리를 쪼개거나 목을 치는 방식이 좋지만 익숙하지 않은 경우에는 나이프처럼 다가오는 팔을 쳐내는 정도로 쓴다. 도끼나 야구방망이, 골프채 등으로 싸울 때는 머리를 내려서 일격을 가해야 하지만 역시 피와 체액이 튀는 것을 조심해야 한다.

당신이 어떤 무기를 가지고 어느 때 사용할지는 전적으로 당신의 책임이다. 그리고 그에 따른 결과 역시 당신이 책임져야 한다는 점을 잊지 말아라.

* 요약 : 동료들과 함께 안전지대로 이동하는 것은 생존의 하이라이트
  다. 신중을 기해야 하며 절대 방심해서는 안 된다.

# 4장

탈출
# 봉쇄부터 진압 단계까지

## 5월 14일 오후 5시 11분, 합정역 사거리 공주설렁탕 2층

매뉴얼을 쓰던 나는 창밖의 햇살이 약해진 것을 느꼈다. 곧 해가 저물 것 같았다. 여기서 하룻밤을 더 머물까 고민했지만 깨진 유리창 사이로 보이는 M타워의 유혹은 너무나 컸다. 몸을 일으켜 배낭을 둘러매고 계단 입구를 막은 아이스박스를 치웠다. 머리를 내밀고 가게 안을 둘러봤다. 좀비들이 헤집어놓고 간 식당 안은 의자와 테이블 몇 개 쓰러진 것 빼고는 조용했다. 조심스럽게 아래층으로 내려와 주방에서 긴 칼을 하나 챙겨 쥐고 아까 들어왔던 현관문으로 나갔다. 후끈한 지열 사이로 매캐한 화약 냄새와 썩는 냄새가 풍겨왔다. 심호흡을 하고 M타워로 뛰었다. 하지만 도로에 접어들자마자 여기저기 흩어져 있던 좀비들이 모여들었다. 나는 거추장스러운 칼을 던져버리고 있는 힘껏 뛰었다. 합정역 출입구 바로 옆에 M타워로 올라가는 계단이 보였다. 그 앞에도 좀비들이 가로막고 있었다. 도망칠 곳을 찾았지만 좀비들만 보였다. 이리저리 피해봤지만 좀비들은 차츰 포위망을 좁혀왔다. 철조망이 쳐져 있는 계단만 올라가면 살 수 있을 것 같았지만 길이 보이지 않았다. 맹수에게 쫓긴 사냥감 신세가 된 나는 결국 포기하고 말았다. 검정 앞치마를 입은 좀비가 가슴팍에 칼을 박은 채 다가오는 게 보였다. 눈을 감으려는 순간 낯선 공기가 불어왔다. 자욱하게 깔리는 바람은 위에서부터 불었다. 좀비들의 썩은 눈동자가 하늘을 쳐다봤다. 그 순간 거대한 채찍이 내리친 것처럼 도로의 아스팔트와 보도블록들이 부서져나갔다. 그 와중에 좀비들도 산산조각 나버렸다. 뒤늦게 어마어마한 총성이 들려왔다. 나는 깜짝 놀라 바닥에 엎드렸다. 머리 위로 바람이 찢어지는 소리가 들려왔고, 뒤이어 좀비들이 지르는 단말마의 비명 소리가 느껴졌다. 소리가 사라지고 먼지를 잔뜩 뒤집어쓴 채 고개를 들었다. 허공에 뜬 헬기의 묵직한 로터음이 비로소 들려왔다. M타워 쪽을 가로막고 있던 좀비 떼가 헬기의 사격에 처참하게 부서져버렸다. 다른 좀비들도 굉음 때문에 충격을 받았는지 멍하게 서 있는 상태였다. 나는 벌떡 일어나 부서진 보도블록을 훌쩍 넘어서 M타워의 계단으로 뛰어올라갔다. 계단은 철조망과 모래주머니로 막혀 있는 상태였지만 중간에 한 사람 정도 드나들 수 있는 공간이 있었다. 계단을 올라가 M타워 안으로 이어지는 통로를 걸어갔다. 거대한 타워에 둘러싸인 M타워 안쪽은 원형의 쇼핑몰로 카페와 음식점, 옷가게들이 빙 둘러 자리 잡고 있었다. 쇼핑몰 입구 역시 철조망과 철제 바리케이드로 막혔다. 앞에는 찢어진 옷차림의 좀비 몇 마리가 쓰러져 있었다. 나는 가지고 온 배낭으로 철조망을 누르고 조심스럽게 넘어갔다. 안쪽은 예상과는 달리 조용했다. 배낭을 도로 메고 바리케이드에 기대놓은 K-2소총과 현역 시절 엑스반도라고 불렀던 탄띠를 발견했다. 탄띠에는 탄창은 없었고, 수류탄 하나가 들어 있었다. 소총에 낀 탄창을 빼보니 탄환이 대략 열 발 정도 들어 있었다. 소총을 옆구리에 낀 채 수류탄을 주머니에 넣었다.

쇼핑몰 안쪽을 둘러봤다. 상점 안에는 침낭과 군용 배낭들이 보였다. 나이키 매장 앞에는 전투식량 껍데기가 굴러다녔다. 군인들이 머물렀던 흔적은 보였지만 군인과 피난민 모두 흔적도 없었다. 군인이나 먼저 들어간 일행이 반겨줄 줄 알았으나 아무도 없었다. 나는 우두커니 서서 주변을 돌아봤다. 그때 전투식량 껍데기가 굴러다니던 나이키 매장 안에서 누군가 걸어 나왔다. 창석과 성철이었다. 반가운 마음에 쳐다보던 나는 안에서 나온 둘의 얼굴을 보고는 핏기가 가셨다. 검게 변한 얼굴과 뻣뻣한 몸은 피범벅이었다. 높아져가는 호흡을 눌러가며 두 사람을 바라봤다. 그들을 시작으로 곳곳에서 좀비가 된 군인들과 민간인들이 나타났다. 나는 소총으로 두 사람을 겨눴다. 그리고 방아쇠를 당기기 직전 중얼거렸다.

"미안해요."

소총의 반동은 생각보다 심했다. 마치 망치로 어깨를 때리는 것 같았다. 앞장 선 창석은 머리가 쪼개졌고, 성철은 턱이 부서졌다. 두 사람이 쓰러진 것을 확인하고 나서 총구를 돌려서 제일 가까이 있던 상병의 머리를 날렸다. 하지만 총알보다 좀비들의 숫자가 압도적으로 많았다. 도망칠 곳을 찾아 주변을 두리번거리는데 바리케이드 쪽에서 들려오는 괴성에 고개를 돌렸다. 좀비들이 철조망을 넘어오려고 애를 쓰는 게 보였다. 가동을 멈춘 에스컬레이터 쪽으로 뛰어가던 나는 그 앞에 쓰러져 있는 주혜를 발견했다. 두 다리와 한쪽 팔이 사라진 그녀는 피를 뒤집어쓴 채 바닥에 누워서 꿈틀거렸다. 나는 그녀의 머리에 대고 방아쇠를 당겼다. 누워 있던 그녀의 머리가 망치에 맞은 호두처럼 으깨졌다. 좁고 긴 에스컬레이터를 헉헉대며 뛰어올라간 나는 좀비들이 쇼핑몰 안으로 들어오는 것을 보고는 걸음을 재촉했다. 에스컬레이터를 다 올라서자 오피스라는 표지판이 붙은 회색으로 칠한 철문이 보였다. 문고리를 당겨봤지만 안에서 잠겼는지 꼼짝도 하지 않았다. 에스컬레이터 쪽으로 몰려드는 좀비를 보고 몇 걸음 뒤로 물러서 문고리를 겨누고 방아쇠를 당겼다. 불꽃이 튀고 쇳조각이 날아갔다. 세 발째, 문고리는 떨어져나갔다. 안으로 들어가서 문을 닫고 주변을 돌아봤다. 호텔 로비처럼 넓은 공간이 눈에 들어왔다. 외벽 쪽의 창문들 덕분에 빛은 부족함이 없었다. 겨우 한숨을 돌린 나는 겨우 찾아온 피난처가 이미 좀비들에게 점령당했다는 사실에 절망했다. 아마 피난민들이 좀비에 물렸다는 사실을 감추다 변해버렸거나, 좀비들과 싸우던 군인들의 바이러스가 전체로 퍼진 모양이었다. 매뉴얼의 마지막과 점점 유사해지는 상황에 망연자실해져 넓고 어두운 로비 안에 우두커니 서 있었다. 그를 깨운 것은 철문 쪽에서 들려오는 좀비들의 울음소리였다. 주변을 두리번거리던 나는 비상계단표지판이 붙은 문을 열었다. 어두운 비상계단과 축축한 공기가 그를 맡았다. 문을 닫고 어둠에 잠긴 비상계단을 올라갔다. 차가운 공기가 비상계단에서 묘한 공명을 일으켰다. 그때마다 놀란 나는 총구를 위아래로 겨눴다. 계속 올라가다 웅웅거리는 소리에 걸음을 멈췄다. 잠시 고민하던 나는 11층 표시가 붙은 층의 문을 열었다. 사무실로 쓰는 층인지 영어로 쓰인 표지판들이 벽에 다닥다닥 붙어 있었다. 무슨

엔터테인먼트라는 글씨가 붙은 유리 문 안에 갇힌 좀비들이 보였다. 평소에는 티끌 한 점 없었을 것 같은 유리문은 피 범벅이 된 손바닥 자국으로 얼룩졌다.

"제가 닫았어요."

뒤에서 들려온 목소리에 깜짝 놀라 돌아서서 총을 겨누자 청바지에 푸른색 후드티를 차림의 10대 후반의 여자애가 보였다. 그녀는 고개를 갸우뚱거렸다.

"어디서 본 것 같은데?"

"작년 〈서바이벌 뮤직 송〉에서 준우승했어요. 이걸로요."

여자애가 한쪽 손을 허공으로 찌르는 포즈를 취했다.

"비욘세 노래였지. 기억난다. 유일하게 챙겨본 서바이벌 프로그램이었거든. 이름이 아마 한예지였지?"

알은척을 하자 그녀가 활짝 웃으며 말했다.

"팬을 만나니 반갑네요. 기획사랑 계약 맺으러 왔다가 갇혀 버렸지 뭐예요."

"대체 어떻게 된 겁니까?"

턱으로 좀비들이 갇혀 있는 유리문을 가리킨 예지가 입을 삐죽 내밀었다.


"말씀 낮추셔도 돼요. 좀비인가 뭔가가 나타나서 갇혀 있는

데 군발이, 아니 군인들이 와서 여길 지킨다고 하더라고요. 좋다고 했는데 그때부터 사방에 총질을 하는 바람에 잠도 제대로 못 잤어요. 그러다 누가 좀비한테 물렸는지 한두 명씩 오바이트를 하고 쓰러지더니 좀비로 변했어요. 회의실에 숨어 틈을 지켜보다가 밖으로 나온 다음에 문을 잠갔어요. 아저씨는요?"

"나도 카페에 갇혀 있다가 방송 듣고 여기로 도망쳐왔어요."

"이제 어떡하죠?"

예지의 물음에 대답을 하려는 찰나 유리가 쩍 갈라지는 소리가 들렸다. 좀비들이 두드려대던 유리문이 위에서부터 아래로 큰 금이 생긴 것이다. 나는 예지의 손을 잡고 비상구로 들어서는데 유리문이 깨져나갔다.

"총으로 쏘면 되지 않아요?"

나는 고개를 저었다.

"총알이 얼마 없어. 그나저나 여긴 옥상이 몇 층이야?"

"사장이 32층이라고 하던데요."

"나랑 같이 옥상으로 올라가서 구조대를 기다리자."

예지가 고개를 끄덕거렸다. 처음에는 뛰었고 나중에는 걸어서 겨우 32층에 도달했다. 비상계단으로 따라 올라온 좀비들의 울부짖음에 쫓기지 않았다면 중간에 포기하고 말았을 것이다. 총으로 쏘기에는 숫자가 많았고, 수류탄을 쓸까 했지만 파

편이 어디까지 튈지 몰라 포기했다. 옥상으로 나가는 비상문 앞에 주저앉은 예지가 헉헉대며 말했다.

"차라리 좀비한테 물리면 물렸지 더는 못 가겠어요."

"다 왔어."

예지에게 기운 내라는 말을 하고 옥상의 비상문을 무심코 열었던 나는 문 앞에 있던 좀비들과 눈이 마주쳤다. 황급히 문을 닫으려고 했지만 좀비의 손들이 중간에 끼어버렸다. 피가 줄줄 흐르는 손들이 어깨와 팔을 더듬거렸다. 예지까지 합세해 문을 닫으려고 했지만 소용없었다. 그 와중에 쫓아온 좀비들이 바로 아래층까지 올라온 것이 보였다. 그 광경을 본 예지가 비명을 질렀다.

"아저씨. 어떻게 좀 해봐요."

나는 예지에게 소리쳤다.

"문 잘 잡고 있어."

어깨에 매고 있던 K-2소총을 움켜쥐고 아래층에서 올라오는 좀비들을 겨누고 방아쇠를 당겼다. 좁고 어두운 복도에 요란한 총성이 울려 퍼지면서 좀비들이 하나둘씩 쓰러졌다. 하지만 좀비가 다섯 마리쯤 남았을 때 탄환이 떨어지고 말았다. 소총을 거꾸로 쥐고 개머리판으로 좀비들을 내리쳤다. 개머리판에 맞은 좀비들은 피와 체액으로 젖은 계단으로 미끄러졌다.

꿈틀대는 것을 발로 짓밟아 아래로 밀어버리자 한 덩어리가 된 좀비들이 아래층으로 밀려 내려갔다가 벽에 부딪쳤다. 피범벅이 된 좀비들이 여전히 손가락과 눈동자를 꿈틀거렸다. 빈총을 들고 비상문을 막고 있던 예지에게 뛰어가 틈새로 들어온 좀비들의 팔을 개머리판으로 내리찍었다. 하지만 밀고 들어온 팔들이 워낙 많았다. 지쳐서 포기할 즈음 주머니에 넣어둔 수류탄이 생각났다. 피에 젖은 소총을 내려놓고 주머니에서 수류탄을 꺼냈다. 2년 가까이 군생활을 했지만 수류탄을 던진 건 신교대 때가 처음이자 마지막이었다. 조교에게 교육받은 대로 안전클립과 안전핀을 뽑고 꽉 움켜쥔 채 주저앉았다. 그리고 비상계단 앞을 가로막은 좀비들의 발 사이로 수류탄을 굴렸다. 나는 재빨리 예지에게 소리쳤다.

"아래로 피해."

예지가 계단 아래로 피한 것을 본 나도 따라 내려가 그녀의 몸을 감싸 안은 채 엎드렸다. 문이 열리고 좀비들이 보였다.

"왜 안 터져요?"

예지의 물음에 고개를 저으려는 찰나, 요란한 폭음과 함께 건물 전체가 흔들렸다 조각난 좀비들의 몸통과 팔다리들이 벽과 들러붙거나 계단에 널브러졌다. 예상보다 큰 폭음에 잠깐 정신을 잃었던 나는 계단에 흩어진 좀비들의 파편을 바라봤다.

부서진 문 너머에는 아무것도 없는 것 같았다. 뒤늦게 예지가 비명을 질렀다.

"안 보여요. 나, 장님 된 거 아니죠?"

울먹거리는 예지의 팔을 붙잡고 옥상으로 올라갔다. 비상구 주변에는 동강난 좀비들이 몇 마리가 보였다. 거대한 물탱크와 송풍기가 정글처럼 펼쳐진 옥상은 고요했다. 예지를 부축해서 옥상 가장자리로 가자 서울의 모습이 보였다. 연남동 쪽은 큰 불이 났는지 거대한 연기가 치솟는 중이었다. 자이 갤러리도 잿더미로 변했다. 양화대교도 폭파되었는지 교각 중간이 사라진 상태였다. 사방을 둘러봤지만 사람은 보이지 않았고, 무리지어 다니는 좀비들뿐이었다. 방송에서 얘기한 거점이 이 모양이 된 걸 보면 결국 대한민국 정부와 군대는 좀비사태를 진압하는 데 실패한 것이 분명했다. 망연자실해진 나는 거리를 활개치고 다니는 좀비들을 내려다봤다.

"뭐가 보여요?"

연신 눈을 깜빡거리던 예지의 물음에 나는 애써 침착하게 대꾸했다.

"고요해. 잠이 든 것처럼."

"내년에 데뷔하기로 했는데."

더듬거리는 손으로 난간을 잡은 그녀가 중얼거렸다. 온갖 고

생 끝에 여기까지 왔지만 더 이상 길이 없었다. 막막해진 나는 좀비들이 돌아다니는 도시를 물끄러미 내려다보았다. 눈물이 났다. 참으려 애쓰던 눈에, 바로 옆 아파트 옥상으로 이륙한 헬기가 보였다. 뭔가 비현실적이라는 느낌에 꿈이나 환상이라는 생각이 들었지만 가까이 다가오는 헬기는 분명 진짜였다. 조종석에 앉은 조종사의 모습이 보이자 온몸에 힘이 쭉 빠져 털썩 주저앉았다.

"좀비가 나타났어요? 차라리 뛰어내리는 게 나을까요?"

"그러지 마. 구조대야."

나는 예지의 손을 꼭 잡은 채 말했다. 우리가 서 있는 옥상에 착륙한 헬기 뒤 칸에 타고 있던 군인이 손을 내밀었다. 예지를 부축해 태우고 뒤따라 올라탔다. 우리를 태운 군인이 위로 올라가라는 손짓을 하자 헬기가 옥상을 떠올랐다. 우리를 태운 헬기는 부서진 양화대교를 지나 쭉 날아갔다. 배낭에서 물을 꺼내 예지의 눈을 씻기고 겨우 한숨을 돌린 내게 군인이 말을 건넸다.

"양진운 대위라고 합니다. 문짝 부서지는 소리를 못 들었으면 그냥 귀환할 뻔했습니다. 보고가 끊긴 상태라 확인차 왔다가 귀환하던 중이었죠."

"바깥세상은 어떻습니까?"

내 질문에 양 대위는 주저하다가 말했다.

"초기 봉쇄에 실패한 이후 좀비들이 전국으로 퍼져나갔습니다."

"그럼 끝난 겁니까?"

"아직은 아닙니다. 행정부는 세종 신도시로 내려갔습니다. 미군이 곧 평택과 오산에 들어올 계획이고 우리도 평택으로 갈 겁니다. 그 외에도 군대가 장악한 지역들이 몇 군데 있어 피난민들을 수용하고 있는 중입니다."

양 대위가 웃으면서 말했다. 안심이 된 나는 생수로 얼굴을 닦고 있던 예지에게 물었다.

"괜찮아?"

"조금씩 보여요. 우리 어디로 간대요?"

"평택."

"거긴 안전해요?"

예지의 물음에 나는 짧게 대답했다.

"응."

안심한 표정을 지은 예지가 노래를 흥얼거렸다. 헬기는 상처 입은 도시를 지나 저물어가는 해를 향해 날아갔다. 나는 배낭 안에 넣어둔 매뉴얼을 꺼냈다. 좀비들이 도시에서 농촌으로, 그리고 바닷가로 퍼져나갔다. 경산에 살고 있던 부모님과 진도에 살고 있는 여동생도 분명 좀비의 위협에 노출되었을 것이다. 그 순간 헬기가 짧게 요동쳤다. 놀란 예지가 비명을 지르면서 팔에 매달렸다. 맞은편에 앉아 있던 양 대위가 자리에서 일어나 조종석 쪽으로 가서 몇 마디 얘기를 나누고는 돌아왔다.

"헬기가 정비를 못 받고 계속 작전을 뛰어서 그렇답니다. 큰 문제는 아니니까 너무 걱정하지 마세요."

"정말 괜찮은 겁니까?"

걱정스러운 표정으로 묻자 양 대위가 고개를 끄덕거렸다.

"그럼요."

나는 매뉴얼을 꺼내들었다. 헬기 안은 어두웠고, 쉴 새 없이 요동치는 중이었다. 하지만 필사적으로 써 내려갔다. 빠져나오지 못한 창석과 성철, 그리고 주혜를 위해서. 그리고 좀비의 위협에 노출되어 있을지 모르는 아버지와 어머니, 그리고 여동생을 위해서. 지옥에서 살아나온 지식을 총동원하여 그들이 살아남을 수 있는 길을 만들어주기 위해서. 그것이 지금 가족들에게 해줄 수 있는 유일한 도움이었다. 나는 눈물도 나지 않았고, 볼펜을 고쳐 쥐었다. 가족들과 세상에 남은 사람들을 위해 매뉴얼을 완성시켜야 했다.

## 생존 매뉴얼 – 생존

나의 모험이 끝났는지는 확실히 알 수 없다. 최악의 상황은 아니라고 얘기한 양대위의 얘기가 거짓말일 수도 있고, 그 역시 상황을 잘 모를 수도 있기 때문이다. 어쨌든 나는 살아남은 자의 의무를 다하기 위해 이 기록을 남긴다. 더불어 지옥을 헤쳐온 내 경험담이 가족들을 비롯한 위기의 사람들에게 자그마한 도움이라도 되기를 바란다.

좀비사태가 터졌을 때 가장 중요한 것은 두말할 것도 없이 생존이다. 그 문제는 사태가 장기화 될수록 더욱 중요해질 것이다. 하지만 그것만큼 중요한 것은 '어떻게'다. 우리는 모두 크고 작은 약점들을 가지고 있다. 위기의 순간이 오면 그 약점들 때문에 무릎을 꿇게 될지도 모른다. 자신의 생존을 위해 타인을 희생시키는 일도 있을 것이고, 고통을 외면할지도 모른다. 문명사회에 살고 있는 우리는, 원시사회가 살기는 어렵지만 서로 돕고 보살펴준다는 환상을 가지고 있다. 하지만 법률과 그것을 강제할 공권력이 사라졌을 때 인간들은 스스로 심판대에 오르게 될 것이다. 견디기 어려운 시련을 맞닥뜨리면 인간은 누구나 내면의 용기를 시험받게 된다. 나는 동료들의 도움으로 살아남을 수 있었고, 그들의 죽음을 지켜봤다. 지금 이 시각, 다른 사람들 역시 비슷한 경험을 하고 있을 것이다. 미안한 얘기지만 그런 경험은 마지막이 아닐 것이다. 생존을 위해 잔인한 선택을 강요받는 상황이 이어질 것이고, 차츰 익숙해질 것이다. 나는 그 선택 속에서 버림받을 사람이 내 가족일지 모른다고 생각하면 가슴이 아파온다. 좀비사태는 영원할 수도 있으며, 인간은 공룡들처럼 멸종될지도 모른다. 하지만 지구가 좀비들의 천국이 된다고 해도 어딘가 '인간다움'을 유지한 인간들이 소수만이라도 살아남는다면 우리는 잊혀지지 않는다는 희망을 품을 수 있다. 내가 쓴 매뉴얼이 그 작은 희망의 발판이 되기를 바란다. 어쨌든 나는 살아남는 데 성공했다. 하지만 여전히 내 가족들은 좀비의 위협에 노출되어 있다. 가족들을 위해 내 경험과 어린 시절의 기억을 토대로 도시 이외 지역의 생존법에 대해서 남겨놓겠다. 도시지역과는 근본적으로 다른 환경에 놓여 있기 때문에 추측한 부분들이 많다. 하지만 좀비들을 직접 겪어봤기 때문에 그들의 습성에 대해서는 누구보다 잘 알고 있으며, 이런 경험들이 생존에 도움이 되리라 믿는다. 우리 혹은 다음 세대가 좀비들과의 전쟁에서 건투를 빈다.

## 교외지역에서의 생존법

여기서 얘기하는 교외지역은 도시화가 어느 정도 진행된 농촌지역을 의미한다. 사실 아주 외진 곳을 제외하고는 대부분의 농촌지역은 적지 않은 도시화가 진행되었다. 따라서 논밭 한가운데 아파트가 있고, 고속도로를 통해 짧은 시간에 도시와 연결된다. 인구 밀도가 낮고 상대적으로 교통이 불편한 교외지역은 도시지역보다 상대적으로 안전할 가능성이 많다. 만약 도심지역에서 좀비사태가 더 이상 전파되지 않는다면 직접 겪지 않을 수도 있다. 하지만 이런 고립성은 좀비사태의 발생지가 가깝거나 좀비들이 몰려왔을 때 오히려 위험해질 수 있다. 상대적으로 숨을 곳이 많고, 구조될 가능성이 높은 도심지와는 달리 교외지역은 구조의 손길이 미치지 않을 수도 있기 때문이다.

교외지역의 주택들은 대부분 단층이기 때문에 좀비들의 공격에 상대적으로 취약하다. 또한 상대적으로 노인층이 많기 때문에 대피나 전투, 이동에 불리하다. 깊은 산속에 도피해서 사태가 진정되기를 기다리는 것 역시 몇 가지 위험을 동반한다. 깊은 산속에서는 식량의 안정적인 공급과 장기적인 거주가 가능한 거주지를 구하기 어렵기 때문이다. 만약 좀비사태가 한겨울에 발생한다면 산속으로 대피하는 것은 동사의 위험성을 높이는 일이기도 하다. 정보가 차단된 산속에서는 사태의 정확한 파악이 어렵기 때문에 상황을 잘못 판단할 가능성이 높다. 따라서 매 단계마다 정보들을 최대한 수집해서 적절한 판단을 내려야 한다. 물론 단점만 있는 것은 아니다. 일단 좀비사태가 발생해도 눈앞에 나타날 좀비들의 숫자가 상당히 적어 큰 위협이 되지 않을 수 있다. 또한 도심지역과 달리 도로 이동이 쉬울 수 있기 때문에 유사시 이동이 편리한 점도 생존확률을 높인다. 깊은 산속은 가급적 피하라고 했지만 높은 산에 있는 대피소 같은 경우 가스와 물만 확보되면 충분히 버틸 수 있다는 장점이 있다.

교외지역은 상대적으로 노인과 아이들이 많기 때문에 좀비들의 습격에 속수무책일 수 있다. 노인과 아이들이 귀찮다고 버리거나 포기해서는 안 된다. 언제 당신 순서가 돌아올지 모르기 때문이다. 좀비들과의 싸움에서는 어린 아이와 노인 모두의 도움이 필요하다.

### 1. 징후포착

첫 번째 챕터의 좀비가 나타나는 징후 체크 항목을 참고하라. 준비과정은 도심지역과 똑같다. 단, 이동에 관한 부분들이 훨씬 자유롭기 때문에 유사시 이동할 수 있는 차량을 미리 준비해두는 것도 좋다. 이럴 경우 차량에 예비 연료를 미리 담아두고, 지도 등을 비치해둔다.

### 2. 거점확보

교외지역의 경우 대부분 1층 주택이기 때문에 상대적으로 불리하다. 근처의 아파트나 빌라의 1층과 2층을 막아버리고 대피하거나 외벽이 튼튼하고 창문이 적은 공공건물에 대피하는 것을 추천한다. 사실 교외지역은 도심지와는 달리 봉쇄될 가능성이 적기 때문에 거점 확보만 제대로 이뤄진다면 별도의 이동이 필요 없다. 다만 상대적으로 정보의 수집이 어려울 수 있기 때문에 반드시 라디오를 준비할 것. 안전한 거점이 제대로 확보되고 통신수단까지 완비되었다면 원정대를 조직해서 공세적으로 좀비를 공격하거나 생필품을 수집해야 한다. 원정대는 튼튼한 사륜구동 차량을 이용해야 하고 사고나 기타 돌발 상황에 대비해서 최소한 두 대가 이동해야 한다. 미국이라면 기관총이라도 탑재하라고 말하고 싶지만 우리나라는 그럴 상황이 아니니 좀비와 만나면 빠른 속도로 도망칠 것을 권한다. 범퍼에 치인 좀비의 피와 체액이 앞 유리창에 들러붙어 안 보이는 상황이 벌어질 수 있으니 어설프게 들이받으려는 생각은 버려라.

## 3. 이동

인근에 나타나는 좀비들의 숫자가 늘어난다거나 거점에 문제가 생길 경우 좀더 안전한 지역으로 이동할 것을 권한다. 여기서 얘기한 안전한 지역은 다음과 같은 조건이 충족되는 곳을 말한다.


– 좀비들이 없는 곳 혹은 올 수 없는 곳

거점에서 여유가 생기면 가장 먼저 해야 할 일이 바로 제2의 거점을 만드는 일이다. 가장 좋은 곳은 깊은 산속의 대피소 같은 곳이다.


– 약탈자를 막을 수 있는 곳

좀비사태가 터졌을 때 좀비만큼이나 위험한 존재가 바로 약탈자들이다. 특히 좀비들이 오랫동안 활보하고 공권력이 무너진 상황에서는 인간들이 더 위험하다. 인적이 드문 거점은 약탈자들의 주요 목표가 될 수 있다. 따라서 철저하게 거점의 존재를 숨겨야 한다. 산속 깊은 곳은 접근이 어려운 대신 불빛과 연기 등으로 인해 위치가 노출될 수 있으니 충분한 주의와 대책이 필요하다. 그리고 두 번째 거점에 왔으니 세 번째 거점 따위는 필요 없다는 안이한 생각을 버려라. 시간이 흐를수록 안전한 거점은 줄어들 것이고, 약탈자들은 늘어날 것이다. 거점을 안 들키거나 지켜내는 것이 가장 좋지만 그렇지 못할 경우가 된다면 미련 없이 다음 거점으로 이동해야 한다.

– 정보를 쉽게 얻을 수 있는 곳
좀비와 약탈자를 피한다고 산속 깊은 곳으로 들어갔다가 외부와 고립되는 상황을 맞을 수 있다. 최소한 라디오의 전파가 잡히는 곳이나 반나절 혹은 하루 안에 인구밀집 지역에 도달할 수 있어야 한다.

– 연고지
도시지역의 거주자들에게 피난을 이유로 전혀 연고가 없는 지역으로의 피난은 위험하다고 앞서 밝힌 바 있다. 교외지역 거주자 역시 마찬가지로 장기화 될 경우를 제외하고는 좀비들을 피해 낯선 곳으로 이동하는 것을 피해야 한다. 식량 확보 방법과 안전한 거주지는 보통 해당 지역의 거주민들이 가장 잘 알고 있다. 따라서 낯선 지역에서 온 생존자들을 약탈자로 오인할 수도 있고, 설사 아니라고 해도 공존하는 데에 여러 가지 문제가 있다. 아는 사람들은 서로 의지하면서 위기를 극복할 수 있도록 도와준다.

### 4. 생존

교외지역의 생존 역시 도심지역과 크게 다르지 않다. 식량 확보와 안전한 거점의 확보, 좀비와 약탈자들을 경계하고, 구성원들의 건강과 안전을 책임지는 것이 핵심이다. 거점이 안정되면 사태의 장기화에 대비해 식량과 식수, 그리고 무기의 확보에 최선을 다해야 한다. 안전이 확보되는 선에서 농경이나 채집 활동에 종사하는 것도 나쁘지 않다.

## 도서지역의 생존법

좀비사태가 터지게 되면 사람들이 본능적으로 떠올리는 안전지대 중 하나가 바로 외부와 고립된 섬 지역이다. 좀비들이 배를 몰거나 비행기를 조종하지 않는 이상 안전할 것이기 때문이다. 또한 어업 활동을 통해 어느 정도의 자급자족이 가능할 것이라는 계산도 깔려 있다. 사실 위의 조건들이 충족된다면 섬만큼 안전한 곳도 없다. 거기다 최근에는 태양열 발전기와 정수 설비 등을 갖춰놓은 곳이 좀비사태의 피난지로 각광받고 있다. 하지만 이렇게 외부와 격리되었다는 점은 반대로 섬 내부에서 좀비사태가 발생할 경우 치명적인 위협으로 다가올 수 있다. 제주도처럼 큰 섬의 경우 비행기와 여객선으로 도착한 피난민 중 좀비로 변하기 직전인 사람이 없으리라는 보장은 금물이다. 거제도처럼 육지와 다리로 연결된 곳 역시 섬 지역의 장점을 누릴 수 없다. 육지와 멀리 떨어진 곳이라고 해도, 좀비들이 물속을 가로질러 혹은 파도에 실려 섬에 도착할 가능성도 배제할 수 없다. 따라서 섬에 있다고 안심하지 말고 매뉴얼에 나오는 여러 가지 조치들을 취해야 한다. 육지로 갈 수 있는 배가 없다면 모든 조건이 충족된다고 해도 환자 이송이나 물자 보급에 어려움을 겪을 수 있다. 그러니 배는 반드시 확보해야 한다. 도서지역의 가장 큰 문제는 다른 지역과 달리 식량과 식수의 확보가 쉽지 않다는 것. 이 점은 장기간 생존에 큰 걸림돌이 될 수 있으니 해결책을 마련해놔야 한다.

좀비사태가 발생하면 섬 지역은 한동안 공권력과 군대의 관심권에서 멀어질 것이다. 이런 고립상태를 해소하기 위해 배를 비롯한 외부와 연결할 수 있는 장치를 마련해야 한다.


### 1. 징후포착

도시와 교외지역에서와 동일한 방법으로 체크한다. 만약 거주하고 있는 섬이 제주도처럼 외부인들을 대규모로 유입하거나 거제도처럼 육지와 가까운 경우가 아니라면 좀비사태에 큰 위협이 없어 굳이 다른 곳으로 피난 갈 필요가 없다. 단지, 외부와 연락할 수 있는 배와 예비 연료를 확보해놓으면 좋다. 물고기 잡던 주민이 혹시나 물속의 좀비를 끌어올릴 수 있으니까 주의를 줘야 한다. 물고기를 잡는 그물에 걸린 좀비를 시신으로 오해해서 섬으로 가지고 올 경우 끔찍한 참사가 벌어질 것이라는 기사가 보도된 바 있다.

## 2. 거점확보

당신이 살고 있는 섬이 위의 조건들과 맞는다면 섬 전체가 바로 거점이 된다. 방어를 위해 가급적 작게 만들거나 외진 곳에 설치해야 하는 육지의 거점들과는 달리 평상시 거주하는 곳이라는 점 때문에 스트레스를 덜 받는다는 장점이 있다. 오히려 신경 써야 할 부분들은 좀비 불신론자인 섬 주민들을 설득하는 일이다. 이들과 좀비에 대한 대책을 세운다면 초기 거점 확보에는 아무 문제가 없다. 도서지역의 생존에 가장 중요한 것은 역시 물이다. 정수 설비가 제대로 작동되고 있는지, 예비 부품은 충분히 확보되었는지 점검하고, 섬 내부의 식량자급률을 확인한다. 더불어 외부의 정보를 들을 수 있는 통신수단도 확보해야 한다. 좀비사태가 터지면 섬 주민들과 합심해서 섬 전체를 '요새'로 만들어라. 순찰조를 정해서 떠밀려 오거나 혹은 바다 밑을 걸어온 좀비들이 섬에 올라오지 못하게 막아야 한다. 또한 섬 주민들을 마을 회관 같은 곳에 모여서 지내게 하고, 보강공사를 통해 거점으로 활용한다. 섬 지역에 많은 그물을 이용하면 유용하다. 순찰조들이 좀비들을 발견하고 경고를 하면 즉시 출동해 제거할 수 있는 일종의 기동타격대도 구성해 놓아야 한다. 휴대폰이 안 될 가능성이 상당히 높으니 별도의 연락망을 구축할 것을 권고한다. 이런 과정들이 순조롭게 진행되고 주민들이 협조적으로 나온다면 당신은 매우 안전한 상황에 놓일 것이다.

### 3. 이동

경보와 방어체계가 잘 구축된 섬에서의 이동은 무의미하다. 하지만 예상치 못한 숫자의 좀비들이 나타나거나 순찰조가 이들을 발견하지 못해서 상륙을 허용할 경우 노약자들의 피난처와 반격을 위한 거점이 필요하다. 종이나 호각 등을 이용해서 사전에 대피신호를 만들어놓는다. 식량과 식수 등 생필품 역시 대피할 거점에 모아놓고 장기전에 대비한다.

### 4. 생존

좀비사태가 장기화된다면 자급자족이 가능한 섬은 안전지대로서 크게 각광받을 것이다. 마치 몽골의 침략을 피해 고려

조정에서 백성들을 섬으로 피난시킨 것처럼. 정부는 도서지역에 생존자들을 피난시킬 수도 있다. 섬 지역에서의 장기 거주는 생존율을 높일 수 있지만 몇 가지 준비해야 할 것들이 있다. 일단 식량과 식수의 확보다. 거주 인원이 갑자기 늘어난다면 소비량이 늘어날 것은 불 보듯 뻔하다. 구성원 간의 토론을 통해 배급제를 시행하여 불필요한 낭비를 줄이고, 폐교 등을 피난민들에게 제공한다. 하지만 피난민들을 원 거주민과 따로 모아놓는 것은 불필요한 오해와 갈등을 불러일으킬 소지가 있으니 가급적이면 함께 지내도록 한다. 내부 갈등은 좀비나 약탈자보다 위험할 수 있다. 특히 고립도가 높은 섬에서는 주의해야 한다. 서로 불필요한 오해가 쌓이지 않도록 충분히 얘기를 나눠야 한다. 특히 상대방이 나의 생존에 반드시 필요하다는 점을 잊지 말 것.

## 해안지역의 생존법

해안지역은 인적이 드문 바닷가부터 고기배가 드나들던 포구와 여객선 터미널, 부산의 해운대처럼 도심지와 다름없는 곳까지 다양하다. 따라서 바닷가는 도심지와 교외, 도서지역의 특징들을 모두 갖추고 있다. 일단 부산 해운대처럼 도심지와 바로 인접한 해안지역은 단기 생존에는 적합할지 모르지만 장기 생존에는 불리하다. 도심지의 좀비들과 불편하고 위험한 동거가 될 가능성이 높기 때문이다. 고기배가 많이 드나드는 포구나 여객선 터미널도 도심지와 마찬가지로 인구밀도가 높은 지역이기 때문에 위험한 편이다. 하지만 해안지역은 여러 지역의 특징들을 모두 가지고 있는 만큼 장점들도 많다. 가장 좋은 점은 바다라는 안전한 탈출로가 있다는 것. 육지에서는 좀비들에게 쫓기면 도망쳐야 하거나 오랜 시간과 노력을 들여 거점을 만들어야 한다. 하지만 아무리 완벽한 거점이라 해도 사소한 실수나 방심으로 큰 피해를 볼 수 있으며, 감당하기 어려운 숫자의 좀비들이 몰려오면 지키기 어렵다. 섬 역시 그 안에 좀비들이 들어오는 순간 위험해진다. 하지만 해안지역은 바다로 나갈 수 있는 배만 있다면 안전하게 탈출할 수 있다. 가까운 바다로 나가서 좀비들이 떠나기를 기다리거나 다른 곳으로 이동하면 된다. 따라서 해안지역에 머물다 좀비들이 많아지면 좀더 안전한 섬으로 옮기는 방식도 괜찮다.

## 1. 징후포착

좀비사태에 대한 준비는 다른 지역과 동일하다. 다른 점은 역시 이용할 수 있는 배를 준비하는 것이다. 배와 그것을 움직일 수 있는 인력, 충분한 연료를 확보해둬야 한다. 배 안에는 며칠 동안 배 안에서 지낼 수 있을 만큼의 식료품과 물을 갖춰놓는다. 좀비사태가 터지면 배에 탑승해서 출발을 기다린 상태로 동태를 살핀다. 동료들과의 비상 연락망을 미리 만들어두는데, 휴대폰을 사용할 수 없는 경우에 대비해서 집의 위치를 알아두거나 비상소집장소를 미리 공유한다.

## 2. 거점확보

해안지역에서는 바다로 나갈 수 있는 배가 곧 거점이다. 하지만 기상이 나빠져 바다로 나갈 수 없거나, 배회하는 좀비들의 수가 적다면 배 근처의 거점이 더 안전할 수 있다. 해안지역의 거점은 다른 지역과 마찬가지로 외벽이 튼튼한 2층 이상의 건물이 좋다. 가장 중요한 것은 위치 선정으로 유사시 바로 배가 있는 곳으로 갈 수 있어야 한다는 점이다. 바다로 나가는 것은 태풍과 뱃멀미라는 또 다른 복병과 마주친다는 것을 의미하기도 한다.

## 3. 이동

상황이 심각해지면 지체 없이 배를 타고 안전한 바다로 나간다. 하지만 무작정 바다로 나가는 것은 위험하다. 날씨가 어떻게 변할지 모르고, 뱃멀미를 할 수도 있기 때문이다. 좀비사태의 심각성에 따라 달라지지만 며칠 동안 바다에서 육지를 지켜보다가 돌아갈지, 아니면 아예 다른 지역이나 섬으로 떠날지 말지를 미리 준비해둬야 한다. 이동하는 지역은 친척이나 친구 등 연고가 있는 지역이어야 하고, 해당 지역에도 미리 식료품과 식수를 확보하는 조치를 취해둬야 한다. 해당 지역까지는 배로 몇 번 이동하면서 지형을 익혀둬야 한다. 자칫하다가는 망망대해에서 오도 가도 못하는 불상사를 겪을 수 있기 때문이다. 육지의 상황을 면밀하게 관측하기 위한 망원경과 라디오는 필수품이다. 이때 주의할 점은 너무 육지에 바짝 붙여놓거나 수심이 얕은 경우 좀비들이 배에 기어 올라올 수 있다는 점이다. 배가 파손되거나 뒤집히는 경우가 발생할 수 있기 때문에 수심은 최소한 3미터 이상 되어야 한다. 닻줄을 내린 경우에는 그걸 타고 올라올 수 있기 때문에 항상 경계를 해야 한다.

### 4. 생존

원래 해안지역은 장기 거주보다는 임시 거처로서의 성격이 강하다. 좀비사태가 장기화 되거나 좀비 아포칼립스가 일어나면 섬이나 기타 안전한 지역으로 떠나야 한다. 물론 여러 가지 조건에 충족된다면 그곳에 눌러살아도 된다. 이때 거점과 주변

지역의 안전을 확보하는 일은 교외지역과 동일하게 실시한다. 해안지역은 생선을 비롯한 어패류를 확보하기 쉬우면서 섬처럼 고립된 지역도 아니라서 어찌 보면 앞의 두 곳보다 더 유용한 장소일 수도 있다. 모든 문명이 강에서 시작된 것처럼.

## 장기적인 생존 대비책

이즈음에서 나는 중대한 물음과 마주쳤다. 과연 좀비들이 얼마만큼 퍼져나갈지, 인간들이 과연 그들과의 싸움에서 이기고 자신들을 지킬 수 있을 능력을 가지고 있는지 여부다. 좀비사태가 과연 우리들이 예상하는 정도의 속도로 퍼져나갈지, 정부와 군대는 과연 좀비들에 대해서 단호하게 대처할 수 있을지, 그리고 인간들이 과연 그 상황에서 이성적인 판단을 할지에 대한 물음들이다. 봉쇄지역 밖으로 단 한명의 좀비 바이러스 감염자라도 빠져나간다면 있다모든 노력은 실패로 돌아가기 때문이다. 확실하지는 않지만 모기 같은 매개체를 통해 전염된다면 봉쇄 자체가 무의미하다. 천신만고 끝에 감염지역을 빠져나갔는데 바깥 지역 역시 좀비들이 활보하고 있다면, 정부가 일찌감치 붕괴되고 군대는 우왕좌왕하는 사태가 벌어진다면, 안전한 지역으로의 탈출이라는 전제가 무너지는 것이다. 따라서 우리들은 이런 상황이 몇 달, 혹은 몇 년 동안 이어질지 모른다는 고통스러운 상황에도 대비해야만 한다.

## 도시를 떠나라

앞선 챕터에서는 여러 가지 이유로 '도시출신이면 그곳에 머물러 있다가 상황을 파악하고 이동하라'는 주문을 했다. 그런데 정부가 능동적으로 이 사태를 대처하지 못하고 있거나, 안전지역을 설정할 수 없을 정도로 급박하게 돌아간다면 이동계획 자체를 수정해야 한다. 충분한 식료품과 식수를 확보하는 것이 우선이고, 어느 지역이 안전한지 정보를 수집해야 한다. 가급적 인구 밀집 지역인 도시와 하루 이상의 거리에 있는 곳으로 떠나되, 고속도로같이 이동하기 쉬운 곳보다 상대적으로 교통이 불편한 지역을 선정해야 한다. 농촌지역보다는 소도시나 소도시 인근의 도시화가 진행된 지역이 좋다. 또한 근처에 높은 산이 있어 유사시 피할 수 있어야 한다. 가장 중요한 것은 현지를 잘 아는 동료가 있어야 한다는 것이다. 하지만 도시지역을 벗어나고 싶어 하지 않는 동료들이 있을 수 있기 때문에 늘 다양한 경우의 수를 대비해야 한다.

**장기적인 생존에 대비하라**

좀비사태가 초기에 진화되지 못한다면 몇 년 혹은 몇십 년 동안 이어질 가능성이 상당히 높다. 장기 생존에 필요한 충분한 식료품과 식수, 안정적인 거점의 확보는 필수적이다. 인구밀도가 낮은 지역으로 이동한다는 것은 좀비와 마주칠 가능성도 적어지지만, 식료품과 식수와도 멀어진다는 것을 의미한다. 농사를 지을 줄 모른다면 너무 외진 농촌지역은 식료품을 구하기 힘들다는 단점이 있다.

중요한 것은 무기의 획득이다. 좀비사태가 장기화 되면 약탈자들도 기하급수적으로 늘어날 것이기 때문이다. 상황이 이렇게까지 되면 모든 사람들이 만족할 만한 식량이 있을 리 없고, 탐내는 거점 역시 한정적일 것이다. 따라서 농사나 수렵, 채집 등으로 식량을 구해야 한다.

**거점을 확보하고 강화하라**

인간들이 먹고 자는 곳은 좀비들의 공격으로부터 안전해야 한다. 도시를 떠나 중소 도시 혹은 교외지역으로 간다면 넓은 마을회관이나 경로당 같은 곳이 좋다. 창문은 쇠창살이나 철조망으로 막아놓고, 불가능하다면 널빤지라도 사용하여 막아라. 물론 채광과 환기를 위한 틈을 남겨놔야 한다. 문은 튼튼하게 보강해야 하는데 이런 곳은 주로 가벼운 알루미늄과 유리로 만들어놓은 문에 널빤지를 붙이거나 철판을 용접해놓는다. 2층이나 옥상을 통한 탈출로를 만들어놓고 이곳도 문을 강화시켜놓는다. 식량이나 식수, 무기 등은 가급적 2층이나 옥상에 놓는다. 거점 방어 준비가 완성되면 다음과 같은 것들을 설치해야한다.

### 망루를 세워라

영화나 드라마를 보면 망루는 금방 불타거나 부서진다. 하지만 좀비가 총을 쏘거나 자동차로 들이받을 일은 없으니 안심하길. 1미터 높이만으로도 얼마나 감시하기가 편한지 느낄 것이다. 거점의 지붕을 쓰는 것도 좋지만 여유가 된다면 반드시 거점의 방어벽에 망루를 세워서 주변을 밀착 감시 해라. 종이나 스피커를 설치해 좀비가 발견되었을 때 밖에서 일하는 동료들에게 경고를 준다. 또한 좀비들이 붙잡고 흔들어대거나 공격해온 약탈자들이 무기들로 부술 수 있으니 무게를 잡아주는 모래주머니 정도를 주변에 둘러준다. 주간에는 최소한 두 명이 올라가서 주변을 감시한다. 출입문 주변에 세우면 문을 감시하거나 방어하는 데 유리하다.

**방어벽을 만들어라**

거점이라고 부르는 곳은 예전에 분명 거주지 혹은 사무공간이었을 것이다. 따라서 붙어 있는 담장이 없거나 고작해야 벽돌, 시멘트 블록으로 만들어놓은 게 고작이다. 이런 담장은 도둑들을 막기에는 적당하지만 떼거지로 몰려오는 좀비에게는 무용지물이다. 모래주머니나 버팀목을 이용해 담장을 강화한다. 담장이 없다면 당연히 새로 만들어야 한다. 하지만 시멘트를 비롯한 재료들이 없는 경우가 많을 테고, 있다 해도 공사판에서 일한 경험이 없다면 무용지물이다. 따라서 방어벽은 시멘트나 벽돌을 이용한 담장보다는 도랑을 파거나 철조망을 세우는 쪽이 효율적이다. 예를 들어 철조망을 두르고, 그 앞에 도랑을 판 다음 안에 뾰족하게 깎은 나무를 꽂아놓는 방식이다. 물론 기존의 담장과 이런 방식을 결합한다면 더 좋은 효과를 거둘 수 있다. 중요한 것은 현지에서 손쉽게 구할 수 있는 것을 최대한 활용해야 한다는 점이다. 바닷가나 섬이라면 낚시 바늘을 걸어놓은 그물을 이용하는 것도 한 가지 방법이다.


**장애물을 설치해라**

거점을 보강하고, 방어벽과 망루까지 세웠다면 다음에 할 것은 좀비들의 침입로에 장애물을 설치하는 것이다. 물론 이런 장애물들로 좀비들을 완벽하게 막는 것은 불가능하다. 하지만 경보를 울리거나 준비할 시간을 벌어주는 것만으로도 충분한 가치를 지닌다. 또한 거점의 식료품을 노린 약탈자들을 막기 위해서도 필요하다. 장애물은 주로 도로 차단용 바리케이드에 철조망을 감는 방식이 가장 유용하다. 도로나 접근이 용이한 평지에 집중적으로 설치한다.

**좀비들과 싸워라**

앞서 웬만하면 좀비들을 피하라고 했다가 갑자기 태도가 돌변한 이유는, 장기적인 생존에 있어서 가장 큰 적이 바로 좀비이기 때문이다. 비축한 식량이 떨어지면 농사를 짓든, 물고기를 잡든 둘 중 하나는 해야만 한다. 그게 아니라면 식량을 비롯한 생필품을 구하기 위해 원정을 떠나야 한다. 이런 외부활동에 있어서 가장 큰 위험은 좀비다. 물론 당신과 동료들의 손으로 좀비들을 전부 없앨 수는 없다. 하지만 근처에 좀비들이 있는지 없는지 여부는 작업의 효율성은 물론 동료들의 안전에 큰 영향을 미친다. 좀비들을 사냥하기 위해 결정적으로 필요한 것은 무기와 이동수단이다. 이 두 가지 중 하나라도 없으면 아래에서 말한 방식의 사냥은 포기해야 한다. 두 가지 모두 갖춰졌다고 해도 충분한 예비 탄약과 연료를 확보해야 한다. 총기류와 자동차, 그리고 탄약과 연료가 충분히 갖춰졌다고 해도 연습을 하지 않으면 무용지물이다. 전투는 다음의 3단계를 거쳐라.

- 1단계 : 거점 방어 전투

거점을 확보한 초반에 인원과 장비가 부족할 때 쓰는 수동적 형태의 방어로, 거점의 망루나 방어벽에 의지해 몰려오는 좀비들을 공격하는 방식이다. 안전한 방법이기는 하지만 조기에 발견하지 못할 경우 거점 밖에 있는 동료들이 위험해질 수 있다. 거점 근처에 농경지가 있다면 좀비들이 짓밟아버려 수확을 못 하게 될 수도 있다. 좀비의 시신은 바로바로 처리해서 없애버린다. 혹시나 좀비의 시신을 거름으로 쓰겠다며 논이나 밭에 버리는 일은 금물이다. 만약 어느 정도 거점이 안정되면 적극적인 방어로 나서야 한다.

- 2단계 : 적극 방어 전투

거점이 확보되고 인원과 장비에 여유가 생기면 주변 지형을 파악한 후, 적극적으로 전투에 나서야 한다. 최소한 두 대 이상의 튼튼한 사륜구동으로 사냥 팀을 구성해야 한다. 계절은 활동에 편리한 봄부터 가을이 적당하다. 탁 트인 지방 국도나 도로를 달리면서 좀비들을 유인한다. 이때 주의할 것은 좀비들에게 포위당할 수 있는 좁은 도로나 다리 위는 가급적 피해야 한다는 점이다. 클랙슨 같은 것들로 소리를 내서 좀비를 넓은 개활지로 유인한 다음 차례차례 쓰러뜨리는 식으로 사냥하면 된다. 탄의 위력이 약하고 사정거리가 짧은 권총보다는 군용 자동소총이 사냥에 적합하다. 사냥이 끝난 후 주변을 확인하고 쓰러진 좀비들을 철저하게 확인 사살을 해야 하며, 사살한 좀비들은 땅에 묻어버리는 식으로 처리해야 한다. 숫자가 예상보다 많으면 미련 없이 포기하고 거점으로 돌아온다. 총알이 부족하고 시간적 여유가 충분하다면 적당한 크기의 함정을 파놓아 그쪽으로 유인한 다음에 묻어버리는 것도 괜찮다. 단, 그냥 묻어버리면 나중에 땅을 파헤치고 올라오는 일이 벌어질 수 있으니 반드시 확인사살 할 것. 그물을 구할 수 있으면 오토바이를 이용해 좀비 무리들을 감아버리는 방식도 있다. 이런 방식은 언뜻 보면 탄약과 기름을 낭비하는 일처럼 보일 것이다. 하지만 주변에 좀비들이 활동하고 있느냐 없느냐는 거점의 안전에 많은 영향을 미친다. 또한 새로운 좀비 무리들이 거점을 공격해올 때 기존의 좀비들이 합세한다면 많은 부담이 된다. 이런 유형의 전투는 매주 2,3회씩 실시하며 접촉한 좀비들의 숫자가 줄어들거나 늘어나는 것에 따라 횟수를 조정한다. 차량 운행이 어려운 겨울에는 가급적 전투에 나서지 말고 봄이 되면 집중적으로 나선다.

– 3단계 : 소탕

거점 주변의 좀비들이 어느 정도 사라졌다면 중간 지역을 설정하고, 그 안에 있는 좀비들을 철저하게 소탕하는 작업에 나서야 한다. 거점에서의 생활이 길어지고 동료들이 늘어나면 두 번째와 세 번째 거점도 만들어야 하며, 농경지를 비롯한 안정적인 생활공간 역시 필요하다. 안전지역은 거점에서 육안으로 관측이 가능한 거리로 시작해야 한다. 시야를 가리는 장애물은 모두 없애버린다. 예컨대 나무나 숲은 불태워버리고 건물들은 허무는데, 그럴 수 없다면 밖에서 들어갈 수 없게 막아 혹시나 밤중에 쳐들어올 좀비들을 막는다. 이 단계에서는 차량을 이용할 필요 없이 다섯 명에서 열 명 사이의 인원이 도보로 움직이면서, 숨어 있거나 따로 떨어져 있는 좀비들을 소탕한다. 중간 지역 내에 있는 빈 건물이나 빈집을 우선적으로 소탕하고 해당 건물들을 막아놓는다. 식수로 쓰는 개천이나 호수의 경우에는 주변에 그물이나 울타리를 쳐 좀비들이 들어가지 못하게 하고, 안에 들어간 좀비는 그물이나 낫을 묶는 장대를 이용해 밖으로 끌어낸다. 수심이 깊거나 오염이 심해서 안을 들여다볼 수 없다고 보트를 이용하는 것은 극히 위험하다. 좀비들이 뱃전에 매달릴 경우 보트는 손쉽게 뒤집히고, 물에 빠진 사람은 좀비에게 쉬운 먹잇감이 된다. 아무리 수영을 잘해도 죠스를 이길 수 없듯, 호흡을 하지 않는 좀비와 물속에서 엎치락뒤치락하는 건 바람직하지 않다. 소탕 작전은 자동차를 이용하지 않아도 되고, 전부 총기류로 무장할 필요가 없다. 좀더 효율적이긴 하지만 큰 고비를 넘겼다는 방심이 안 좋은 결과를 가져올 수 있다.

중간지역이라는 말은 어디까지나 안전과 위험의 중간이라는 뜻이다. 따라서 소탕 작전 중에 외부에서 대규모 좀비들이 쳐들어오면 무방비상태가 된다. 이럴 경우를 대비해 오토바이나 자전거를 탄 감시조가 외곽 경계에 나선 상태에서 좀비들을 소탕해야 한다. 이런 세 단계를 거치면서 안전지역과 거점을 늘려나가야 한다.


### 원정을 떠나라

거창하게 들리는가? 솔직하게 얘기하면 '약탈'을 그럴듯하게 표현한 얘기에 불과하다. 우리들은 대부분 문명의 혜택을 누리면서 살아왔다. 따라서 사냥을 하지도 못하고, 농사를 지어본 적도 없다. 현대 사회에서는 돈만 있으면 이런 것들을 할 필요가 없기 때문이다. 하지만 좀비 아포칼립스 속에서는 돈으로 살 수 있는 것들이 별로 없다. 따라서 직접 식량을 구해야 하지만 농사를 짓거나 물고기를 잡는 일 모두 녹록치 않다. 차라리 대형 마트나 식료품점을 터는 것이 더 쉽다. 거점을 보강하는 공사에 필요한 자재나 물품들을 손에 넣는 것도 할 수 있다. 중소도시까지 대형 마트와 편의점이 들어간 상태라서 아주 외진 곳이 아니라면 찾는 것이 크게 어렵지는 않다. 하지만 몇 가지 주의할 점이 있다. 이런 곳은 먼저 선점한 집단이 있을 가능성이 높다. 이들이 쉽사리 필요한 것을 내주지 않을 것이고, 여차하면 무력충돌도 생길 수 있다. 이럴 때는 서로 필요한 물건들을 바꾸는 물물교환 방식을 쓰는 게 좋다. 꼭 대형마트가 아니라고 해도 철물점이나 잡화점, 슈퍼 같은 곳에서도 필요한 물품들을 얻을 수 있다. 단, 안에 좀비가 있을지 모르니 먼저 안전을 확인하는 게 우선. 원정을 떠나기 전 필요한 물품들을 중요도 별로 체크해놓아야 한다. 아침에 출발해서 해가 떨어지기 전에 돌아오는 것이 좋다. 원정대는 가급적 총기류로 무장해야 하고, 최소한 두 대의 차량에 최소한 다섯 명 이상이 되어야 한다.

### 조직하고 계승하라

생활공간인 거점과 주변 지역이 안정화되었고, 필요한 물품들도 모두 구했다면 이제 두 발 뻗고 자면 되는 걸까? 천만의 말씀. 좀비 드라마 〈워킹 데드〉를 보면 등장인물 간의 갈등이 생생하게 드러난다. 그리고 이런 일은 실제 상황에서도 벌어지기 쉽다. 위대한 제국도 결국 내분 때문에 멸망의 길을 걸었다. 하물며 좀비를 피해서 모인 소규모 집단이 생존을 위해 단결했다 해도 언젠가는 갈등이 벌어지기 마련. 단지 눈앞의 위기를 피하기 위해 잠시 수면 아래로 사라졌을 뿐이다. 아이러니하게도 좀비들의 위협이 줄어들게 되면 이런 문제들이 수면 위로 떠오를 가능성이 높아진다. 갈등을 조정할 법이나 권위가 사라진 상태에서 갈등은 자칫 큰 분열로 이어진다. 이런 갈등은 좀비나 약탈자의 침입같이 눈에 보이는 위험이 아니라 자칫 방치되기 쉽고, 최악의 결과를 가져올 수 있다. 따라서 거점의 안정화 작업에 착수한 이후부터는 이런 갈등을 줄일 수 있는 제도적인 장치를 만들어야 한다. 가장 좋은 방법은 성인 남녀의 의견들을 모아 선출한 위원들이 향후 계획을 추진하는 일이다. 누가 원정대원이 되고, 누가 망루에 올라가서 지키는 일을 할지 공평하게 나눠야 한다. 자신이 다른 사람보다 조금이라도 손해를 보고 있다고 생각하는 순간 불만이 싹트게 된다. 남녀의 애정이나 갈등 문제 역시 거점의 생존자들 전체로 번질 수 있으니, 면담과 대화를 계속하면서 구성원들의 문제점들을 빨리 파악하게 해결책을 내놓아야 한다. 아울러 생존을 유지하는 단계를 넘어서면 계승하는 작업을 해야 한다. 아이들에게 앞으로 어떻게 살아가야 할지에 대해서 일러주고, 체계화시켜놓지 않으면 환경에 적응하지 못하는 일이 벌어진다.

### 미래를 준비하라

나를 보호해줄 정부나 공권력이 사라지거나 혹은 그들이 착취자로 돌변했을 때, 약탈자들이 넘쳐나고 식량이 부족한 상황이 도래했을 때 누구나 절망에 빠질 것이다. 그렇게 되면 좀비가 문제가 아니라 인간들 그 자체가 문제가 된다. 절망한 사람들은 자살을 떠올릴 것이고, 실제로 이 단계에서 구조의 손길이 사라졌다고 믿게 된다면 적지 않은 사람들이 스스로 죽음을 택할 것이다. 하지만 인류는 더 열악하고 참혹한 상황에서도 살아남았다. 그러니 냉정하게 판단하고 생존을 준비해야 한다. 문명이 사라지고 좀비가 득실거리는 세상에서는 자연 그 자체도 적이 된다. 보일러와 전기장판이 없고, 감기약도 찾아볼 수 세상에서는 별것 아닌 질병도 죽음으로 직결된다. 한두 해를 넘기는 것과 평생을 그렇게 살아야 하는 것은 큰 차이가 있으니 상황이 파악되면 일행에게 명확하게 사실을 공유하고 장기 생존에 대한 준비에 들어가야 한다. 가장 중요한 것은 새로운 터전을 마련하는 것이다. 지금까지는 구조의 손길을 기다리고 식료품의 획득을 위해 가급적 도시 인근에 머물러야 한다고 말했지만 장기적인 생존에 접어들어서는 오히려 방해가 된다. 이때부터는 다른 생존자들은 전부 약탈자로 봐도 무방하다. 가급적 인적이 드물고, 교통이 불편한 곳에 새로운 터전을 마련해야 한다. 폐허가 된 도시의 마트나 할인점에서 구할 수 있는 식료품은 한정되어 있고, 그걸 노리거나 지키는 집단은 기꺼이 무력을 사용할 것이다. 따라서 좀비들과 약탈자들의 손길을 피할 수 있는 곳으로 떠나야 한다. 물론 애써 가꾼 터전을 버리고 떠나는 일은 쉽지 않은 일이다. 연료같이 도시나 도시 인근에서만 구할 수 있는 물품들과도 작별해야 하니까. 하지만 장기적인 생존이라는 단계에 넘어가게 된다면 도시에 의존하는 삶을 버려야 한다.

* 요약 : 모든 초점은 생존에 맞춰야 한다. 그러기 위해서는 좀비들에 대한 방어도 중요하지만 생존자들 간의 관계도 못지않게 중요하다. 한 사람이 모든 것을 할 수는 없으며, 동료들은 나의 생존을 도와주는 고마운 존재란 점을 명심해야 한다.

# 에필로그

## 남겨진 자들을 위한 메시지

썩어서 흐릿해진 눈동자와 검게 타버린 얼굴들을 보면서 과거를 유추해보려고 애썼어. 걸치고 있는 옷과 신고 있는 신발을 통해서 어디서 살았는지, 그리고 어디로 가려고 했는지 추측해보려고 노력했지. 인간을 공격하고 그 살을 씹어 먹는 모습을 보면서 그 증오가 어디에서부터 시작되었는지 생각해보려 했고 말이야. 하지만 다 부질없는 짓인 것 같아. 과거에 너희들은 인간이었을지 모르지만 지금은 그냥 좀비 혹은 죽음과 삶의 경계선에 서 있는 괴물에 불과해. 그리고 인간들을 잡아먹거나 물어서 전염시켜버리지. 그 가혹한 운명에 처한 사람들이 얼마나 될지, 그리고 앞으로 얼마나 더 많은 사람들이 그런 처지가 될지는 상상하고 싶지 않아. 다행히 나는 살아서 빠져나왔지만 이 도시, 서울에서는 지금 이 순간에도 인간들은 먹잇감으로 전락해버리고 말았지. 우리가 다시 이 도시의 주인이 되기 위해서는 오랜 시간과 많은 피를 대가로 치러야 할 거야. 아마 쉽지 않을 거야. 너희들은 인간이 지금까지 싸웠던 적과는 전혀 다른 존재들이니까 말이야. 명령을 내리는 수뇌부도 없고, 보급기지나 거점도 존재하지 않고, 어디를 공격할지 예측도 하지 못하니까 말이야. 죽음을 두려워하지 않고, 후퇴라는 걸 모르지. 지금까지 인간이 속수무책으로 당한 이유도 아마 너희들이 보여준 낯선 모습 때문일 거야. 너희를 보면 숨이 막혀. 가만있으면 꼼짝없이 당할 줄 알면서도 쉽게 움직이지 못하지. 그건 썩어 문드러진 얼굴과 퀭한 눈이 주는 한없는 절망과, 나도 좀비가 될 수 있다는 막연하고도 뚜렷한 공포감 때문일 거야.

우리는 똑같이 탐욕스럽고, 집요했지. 목적을 이루기 위해서는 수단방법을 가리지 않았으며, 지극히 잔인한 점도 같았어. 어쩌면 우리와 너희들의 차이점은 아주 작거나 거의 없을지도 몰라. 인간의 내면이 가지고 있는 잔인한 본능이 고스란히 드러난 것이 어쩌면 너희, 좀비들일지도 모르겠다는 생각이 들었어. 나는 너희들을 미워해야 할지, 아니면 측은하게 여겨야 할지 혼란스러워. 인간들이 좀비들을 두려워한 것은 괴물이기 때문이 아니라 우리들이 탄생시켰기 때문이지. 좀비 바이러스 때문이든, 아니면 내가 알 수 없는 그 어떤 이유 때문이든 좀비의 탄생은 인간의 의지가 개입했어. 우리의 탐욕과 분노가 너희들을 세상에 만들었고, 그 대가를 처절하게 치르는 중이야. 그러니까 우리는 희생자이면서 가해자이고, 먹잇감이면서 주인이기도 하지. 어쨌든 이 모든 일의 시작이 인간이 있다는 점은 명백해. 어쩌면 우리는 공룡처럼 멸종의 길을 걷고 너희들이 이 땅의 주인이 될지도 모르겠어. 그것이 인간에게 주어진 운명이라는 생각이 문득 들었어. 우리는 공룡처럼 멸종하고, 너희들이 그 뒤를 이어서 지구의 주인이 되는 것 말이야. 하지만 그런 생각들은 잠시 접어두기로 했어. 나한테는 아직 할 일이 남아 있으니까 말이야. 인간이 어떤 길을 가야 할지는 그다음에 생각해보겠어.

노트

# 좀비의 역사와 프리덤 워치

## 좀비의 역사

좀비란 부두교 주술사들이 저주를 걸어 탄생시킨 '살아 있는 시체'들이다. 좀비는 서인도 제도로 끌려온 아프리카 흑인 노예들이 믿었던 부두교에서 나오는 존재들이다. 최초의 좀비들은 지금처럼 떼 지어 다니면서 인간을 공격하거나 잡아먹는 존재가 아니었다. 오히려 노예나 다름없었다. 하지만 미국으로 건너오면서 인간을 공격하는 괴물로 탈바꿈했다. 종말에 대한 인간의 불안함이 노예였던 좀비를 변화시킨 것이다. 좀비에 대한 이런 신화들은 영화나 TV드라마를 통해 퍼져나갔고, 인간들은 좀비에 대해 믿으면서도 믿지 않는 상태가 되어버렸다. 즉, 좀비에 대해서는 흥미를 가지고 있지만 실제로는 인정하지는 않는 상황이다. 프리덤 워치에서는 이들을 통틀어서 '좀비 불신론자'라고 부른다. 현재 인류의 99.5%가량이 좀비 불신론자이며, 좀비의 진실을 믿는 이들은 알게 모르게 탄압을 받고 있다. 하지만 좀비는 실존했으며, 인간에 대해서 공격적인 성향을 띠는 경우도 종종 나타난다. 공격적인 성향의 좀비에 대한 최초의 기록은 18세기 중반 서인도 제도의 아이티에서 발견된다. 당시 생 도밍그라고 불린 아이티에서 사탕수수가 대량으로 재배되면서 아프리카 흑인들을 노예로 끌고 왔다. 가혹한 노동과 학대에 지친 흑인 노예들은 프랑수아 마캉달<sup>François Mackandal</sup>의 지휘 아래 반란을 일으켰다.

흑인 노예들의 반란을 이끈 그는 부두교의 사제이기도 했다. 서인도 제도로 끌려온 아프리카 흑인들이 숭배한 부두교는 아프리카의 토착 신앙과 가톨릭 신앙이 섞인 것이다. 그는 백인들의 가혹한 학대를 피해 도망친 흑인 노예들을 규합하는 데 부두교 신앙을 적극적으로 이용했다. 부두교 좀비 마법 중에서는 운디나라는 주술이 있는데 이 주술을 사용하면 굉장히 공격적인 좀비가 만들어진다. 부두교에서는 이 주술을 엄격히 금지했는데 마캉달은 전투를 위해 이 주술을 사용한 것으로 보인다. 마캉달이 운디나로 만들어낸 좀비들은 총칼이나 불을 두려워하지 않고 싸웠고, 결국 프랑스 식민 당국은 많은 피해를 입은 끝에 1758년, 마캉달을 체포해 불태워 죽였다. 그가 좀비가 되는 것을 두려워해서 아예 불태워버린 것이다. 프랑스 식민 당국은 마캉달과 그의 좀비에 관한 기록들을 공개하지 않았고, 관련기록들은 모두 폐기되었다. 하지만 진압작전에 참여했던 뮬라토(흑백 혼혈인)인 조셉 생튀나르는 이 사건과 관련된 몇 장의 스케치를 남겨놨다고 전해진다. 생튀나르의 메모라고 알려진 이 기록들은 오랫동안 소재가 밝혀지지 않았다가 프리덤 워치 본부가 지난 2004년 미국의 유타주의 솔트레이크 대학교 도서관에 보관되어 있는 것을 발견했다.

마캉달의 죽음 이후 공격적인 성향을 가진 좀비들은 사라진 것으로 알려졌다. 프랑스 식민 당국이 마캉달의 봉기에 가담한 흑인 노예들을 잡는 즉시 태워버렸기 때문이다. 하지만 흑인 노예들의 피를 빤 모기들에 의해 좀비가 퍼져나가게 되었다. 아이티 현지에서는 마캉달이 불타 죽으면서 모기로 환생했다는 전설이 남아 있는데 이런 전파 과정을 은유적으로 설명한 것으로 보인다. 이후, 운디나 바이러스+는 몇 세대에 걸쳐서 간간히 감염자를 나타내는 정도로 유지되었다. 프리덤 워치에서는 전 세계 곳곳에 퍼져 있는 식인 풍습인 카니발리즘이나 현대의 연쇄살인마 중 희생자의 시신을 먹은 사례가 운디나 바이러스와 관련이 있지 않을까 추측하

+  좀비로 변화하는 바이러스로 운디나 주술에서 유래되었다.

고 있지만 명확한 증거는 나타나지 않고 있다. 최근 반세기 동안 대규모 혹은 의미 있는 움직임이 없었기 때문에 더 이상의 좀비 사태는 없을 것이라는 예측이 잇따르고 있다. 독일 프리덤 워치의 뮌헨 선언을 시작으로 비롯한 북유럽의 일부 지부들이 해산을 했다. 싱가포르 지부에서는 본부의 지침을 어기고 자체적으로 위험 등급을 낮추기도 했다. 하지만 운디나 바이러스의 운반체인 모기가 여전히 활동하고 있으며, 모기에 의해 감염된 가축을 먹은 인간들에게 나타날 가능성은 여전히 배제할 수 없다는 것이 프리덤 워치 본부의 공식 견해다. 운디나 바이러스와 좀비에 관련된 기록들은 모두 무시되거나 혹은 은폐되었기 때문에 프리덤 워치 본부에서는 어떤 세력이 이 일에 조직적으로 개입되어 있지 않나 의심하고 있다.

생튀나르의 메모에 의하면 공격적인 성향을 가진 마캉달의 좀비들은 여타 좀비와 구분점이 없다고 한다. 이는 프랑스 식민 당국과 백인 농장주들이 처음에 방심하게 된 원인으로 알려져 있다. 생튀나르는 이런 좀비들은 다른 좀비들과는 달리 얼굴색이 유난히 검었다고 하지만 흑인들의 인종적 특성으로 인한 오해라는 주장도 있다. 또한 시체가 썩는 악취가 난다고 언급한 것으로 봐서는 좀비로 변하면서 신체 활동이 정지하고, 장기들이 썩어가는 것으로 추측된다. 최근의 영화와 드라마에서는 뛰는 좀비들이 등장하지만 생튀나르의 메모에 의하면 좀비들의 평균 보행속도는 인간과 비슷하거나 약간 느린 것으로 보인다. 이들은 인간을 비롯해서 말이나 소 같은 대형가축들을 공격하지만 개와 고양이 같은 작은 동물들은 해치지 않았다. 이것이 개와 고양이들이 이들보다 빠르게 움직이기 때문에 잡지 못해서 그런 것인지는 확실하지 않다. 또한 총이나 칼을 비롯한 무기류를 사용했다는 기록은 없으며, 말을 이용했다는 얘기도 없는 것으로 봐서는 좀비로 변하는 과정에서 싸움에 관한 관련 지식들을 잊어버린 것으로 보인다. 좀비의 손톱과 이빨로 공격을 받은 대상자들은 한 시간에서 하루 정도의 시간을 두고 고열과 구토 증상 끝에 사망한다. 그리고 사망 후 30분에서 두 시간 후부터 좀비로 활동을 시작했다. 이런 시간 차이와 사망 당시 보여주는 증상들이 일치하지 않는 점은 인종적, 혹은 신체적인 차이 때문인 것으로 보이지만 정확한 데이터는 존재하지 않는다. 생튀나르의 메모에 의하면 마캉달의 좀비가 스무 발이 넘는 머스킷 탄환을 맞고도 다가오다가 8파운드 대포의 사슬탄을 맞고 산산조각이 난 사례가 있다. 이것으로 봐서는 신체활동이 멈춘 육체는 아무런 고통을 느끼지 못하는 것으로 보인다. 따라서 프리덤 워치 본부에서는 좀비들을 공격할 때는 두뇌를 파괴해야 하고, 가급적 머리를 절단할 것을 권한다. 또한 이렇게 죽은 좀비는 머리와 몸통 모두 불에 태워서 처리할 것을 권고한다. 좀비들이 대상자에게 감염시킨 사례들은 공통적으로 손톱에 할퀴거나 이빨로 물은 것이다. 또한 아이티에서 프랑스군이 마캉달의 좀비를 총검으로 찌르고 나서 별다른 외상 없는 상태에서 발작을 일으킨 후 좀비로 변한 사례가 있다. 이는 좀비의 체액이 신체에 어떤 식으로든 접촉하게 되면 전염된다는 추측에 힘을 실어준다. 따라서 프리덤 워치 본부에서는 좀비들을 공격할 때 완전 방호가 가능한 복장을 착용하라고 말한다. 좀비들의 시력과 청력이 어느 정도인지는 정확히 밝혀지지 않았다. 하지만 아이티의 정글 속에서 별 문제 없이 활동했으며, 이들을 추격하던 프랑스군의 드라군[+]이 일렬종대로 이동하는 마캉달의 좀비를 목격했다는 보고가 남아 있는 것으로 봐서는 일정 이상의 시력을 유지하고 있는 것으로 보인다. 프랑스군이 머스킷과 대포를 쏘자 좀비들이 몰려왔다는 것으로 봐서는 청력 역시 가지고 있는 것으로 보인다. 하지만 단순히 다른 좀비들을 따라온 것인지 명확하게 판단하기 어렵다. 후각 역시 정확한 결론을 내릴 만한 자료가 존재하지 않는다. 이외에도 좀비의 수명과 활동 공간, 잠을 자는지에 대해서도 밝혀

---

[+]  용기병. 말을 타고 이동하지만 전쟁터에서는 말에서 내려서 보병으로 싸운다. 주로 정찰과 추격전에 이용되었다.

지지 않았다. 또한 좀비들이 인간에 대해서 공격적인 성향을 가진 이유도 밝혀지지 않았다. 생뤼나르는 마캉달의 운다나 주술에 인간을 공격하라는 메시지가 들어 있지 않을까 추측했다. 근래 좀비가 등장하는 영화들은 질주하는 좀비들을 보여준다. 하지만 생뤼나르가 "마캉달의 좀비들이 마치 발목에 쇠고랑을 찬 것처럼 프랑스군을 향해 느리게 걸어왔다."고 기록한 것으로 봐서는 일반적인 보행을 하는 것으로 추측된다.

### 이후의 좀비 등장 사례들

1803년 아이티에서 미라보 대위가 겪은 일은 마캉달의 좀비가 완전히 사라지지 않았다는 좋은 증거이다. 1802년 총독으로 부임한 로샹보 자작의 부관으로 아이티에 온 미라보 대위는 다음 해 11월 카파이티앙 부근에서 데살린이 이끄는 반란군과의 전투에 참전했다. 패배한 프랑스군이 흩어지면서 밀림에서 길을 잃은 미라보 대위는 소수의 병사들과 함께 마시프 산맥을 넘어 북부 해안지역으로 탈출했다. 그 과정에서 포로로 잡은 흑인을 길잡이로 삼았는데 마시프 산맥의 한 고립된 마을에 도착하면서 사건은 시작되었다. 마시프 산맥을 지나가다가 식량이 떨어진 미라보 대위가 마을 안에 들어가기로 결정하자 흑인은 강하게 거부하면서 그들이 있다고 말했다. 누구냐는 미라보 대위의 물음에 흑인은 짧게 대답했다.

"마캉달의 하인들이요."

굶주림에 지친 병사들은 그의 말을 무시했지만 미라보 대위는 다섯 명의 정찰대를 보내기로 결정했다. 그들이 마을로 진입한 후 무시무시한 비명 소리와 함께 흑인들이 무리지어 나왔다. 미라보 대위의 보고서는 그때의 참상을 이렇게 기록했다.

"그들이 베르티에 상사를 비롯한 다섯 명의 병사들을 둘러싸고 손톱으로 할퀴고 물어뜯었습니다. 병사들은 용감하게 저항했지만 그들은 고통을 모르는 것처럼 개의치 않았습니다. 잠시 후 그들이 물러난 자리에는 처참하게 찢어진 시신만 남아 있었습니다. 군모와 머스킷이 없었다면 사람이 아니라 짐승의 시신이라고 해도 믿을 정도로 말입니다."

참상을 목격한 미라보 대위는 흑인의 말대로 진로를 바꾸고 야간 이동을 중지하여, 밤에는 나무 위에 올라가서 몸을 묶은 채 잠을 청했다. 마캉달의 하인들이라고 불린 흑인들과 싸울 때에는 머스킷으로 사격을 하는 대신 총검으로 머리나 목을 공격했다. 그들에게 물린 부하들 역시 같은 방식으로 죽였다. 결국 23명의 일행 중 9명만 살아남을 수 있었지만 미라보 대위는 흑인의 도움이 아니었다면 한 명도 살아남지 못했을 것이라고 보고서에 기록했다. 미라보 대위는 프랑스로 돌아가서 이런 내용이 담긴 보고서를 제출했지만 별다른 반응을 일으키지는 못했다. 하지만 이 보고서는 생튀나르의 메모와 더불어 좀비에 관한 몇 안 되는 공식 기록 중 하나다. 군대에 복귀한 미라보 대위는 소령으로 승진했지만 1812년 나폴레옹의 러시아 원정 때 벌어진 보로디노 전투에서 전사했다.

영국의 선교사인 로버트 니일은 런던 전도협회 소속으로 남아프리카의 느베지 호수 근처의 촌락에 교회를 세우고 선교활동을 시작했다. 1851년 12월, 크리스마스를 맞이할 준비를 하던 그는 다급하게 울리는 북소리를 들었다. 그리고 그 북소리를 들은 원주민들은 짐을 싸서 정글로 떠났다. 니일이 무슨 일이냐고 묻자 그들은 굳은 표정으로 손님이 왔다고만 말했다. 삽시간에 촌락이 비워지고 남은 사람들은 그와 흑인 하인인 블랑, 그리고 니일을 따르던 꼬마인 룽게 뿐이었다. 룽게는 벽돌로 만든 교회 안으로 부지런히 식량들을 실어 날랐고, 촌락의 움막집들을 모두 불태웠다. 그날 저녁 부족민들이 말한 손님들이 몰려왔다. 핏발 선 눈에 온몸이 피범벅이 된 그들은 기괴한 울음소리로 말을 대신했다. 그들은 빈 촌락을 지나 교회를 포위했지만 룽게의 얘기대로 미리 문을 두꺼운 나무와 돌로 막아놓고, 창문도 못질을 해놓은 상태라 안으로 들어오지 못했다. 니일이 기도를 올리면서 악몽이 지나가기만을 기다리는 동안 룽게와 블랑은 끈으로 굴뚝에 몸을 묶은 채 짚으로 덮은 지붕 위로 올라가서 기어 올라오는 그들을 막았다. 니일이 호신용 무기인 후추통형 권총+을 가지고 그들을 향해 쐈지만 잠시 비틀거리기만 할 뿐 쓰러지지 않았다. 당황한 니일에게 룽게가 머리를 쏘라고 말했다.

"거길 맞추지 못하면 아무 소용없어요."

머리를 쏘자 비로소 흑인들이 쓰러졌다. 하지만 탄약이 곧 떨어져버리고 말았다. 니일은 의자를 방패 삼아 그들을 막거나 떠밀어서 떨어뜨렸고, 지붕의 갈대를 묶어 몽둥이처럼 내리치기도 했다. 세 사람은 3일 밤낮으로 돌아가면서 지붕으로 넘어오려는 좀비들을 막았고, 솜으로 귀를 틀어막고 돌아가면서 잠을 청했다. 3일째 되던 날 꾸벅꾸벅 졸던 블랑이 실수로 그만 아래로 떨어지는 바람에 그들에게 갈기갈기 찢겨 죽었다. 지친 두 사람은 지붕의 굴뚝을 끌어안은 채 마지막 기도를 올리려던 찰나, 원주민들이 이웃 주민들과 함께 돌아왔다. 그들은 흑인들을 포위한 다음에 창으로 목을 베거나 곤봉으로 머리를 부쉈다. 그리고 시신들을 한군데 모아놓고 불을 질렀다. 니일은 이 사건을 간략하게 기록하여 런던

+  영문은 Pepper-Pot Percussion Pistol 로 권총의 총열 여러 개가 둥글게 붙어 있는 형태로 음식에 뿌려 먹는 후추통과 비슷하게 생겼다. 19세기 초중반에 사용된 원시적인 형태의 리볼버로서 재장전 없이 여러 발을 쏠 수 있지만 명중률이 떨어졌다.

텔레그라프지에 송고했다. 하지만 편집장은 신빙성이 없다는 이유로 기사화를 거부했다. 이 사건은 니일이 1865년 새로운 전도지를 찾아 탕가니카 호 북부로 떠났다가 실종되면서 잊혀졌다. 그후 1933년 니일의 외손녀인 엘리자베스 키스 부인이 남긴 유품에서 기록이 발견되면서 비로소 세상에 알려졌다. 니일은 급조된 장비들을 가지고 좀비들과 3일 동안이나 거점을 사수했으며, 이런 장비들이 생존에 큰 도움이 된다는 점을 보여준다.

세 번째 사례는 인도에서 벌어졌다. 1857년 5월에 델리 근처에서 처음 시작된 동인도 회사 소속의 인도 용병 세포이들의 반란은 삽시간에 인도 전체에 퍼졌다. 델리의 서쪽을 흐르는 야무나 강의 지류인 프라스 강을 내려다보는 찬드니 성은 타지마할을 세운 무굴 제국의 황제 샤 자한이 세운 작은 성이다. 세포이들의 반란이 일어났을 때 찬드니 성에는 동인도 회사의 소속의 영국인 공병 장교 테일러 듀이 대위가 이끄는 소수의 영국군과 영국 상인들, 그리고 그 가족들이 있었다. 인도인 하인들이 모두 도망치자 완전히 고립되고 말았다. 하지만 너무 소수였기 때문에 오히려 세포이들의 관심을 끌지 못했다. 하지만 이들은 구울의 공격을 받았다. 인도의 전설에는 샤 자한이 타지마할과 아그라 성을 세우기 위해 많은 인력이 필요했고, 부두교의 주술을 받아들여 좀비들을 만들었다는 얘기가 나온다. 이 와중에 운다나 주술이 사용되었는지 간혹 공격적인 성향을 가진 좀비들이 나타났으며, 인도인들은 이들을 구울이라고 불렀다고 한다. 듀이 대위는 부하들과 민간인들을 동원해서 성벽을 보강하고, 농성을 준비했다. 화약을 아끼고 주로 총검으로 싸우라고 지시하는 한편, 식량과 물을 철저하게 통제했다. 다행히 구울들은 무기나 사다리를 쓸 줄 몰라서 소수의 인원으로도 저항이 가능했다. 성안의 식량과 물은 곧 떨어졌지만 인근의 인도 상인들이 위험을 무릅쓰고 식량과 물, 심지어 신선한 우유가 나오는 염소까지 공급해줬다. 농성전 중간에 성문이 부서질 위기가 있었지만 듀이 대위가 응기응변으로 수레로 막으면서 겨우 위기를 넘겼다. 농성전은 겨울을 지나 다음해인 1858년 3월까지 약 11개월간 이어졌다. 콜린 캠벨 경이 이끄는 구원군이 도착하자 듀이 대위와 부하들은 성문을 열고 당당하게 걸어 나갔다. 하지만 콜린 캠벨 경은 구울들과 싸웠다는 듀이 대위의 말을 믿지 않았고, 어떠한 공로도 인정하지 않았다. 하지만 콜린 캠벨 경의 군대를 따라 종군했던 화가 존 에딩턴은 듀이 대위의 초상화를 비롯해서 찬드니 성 주변에 있던 구울의 시체들을 데생화로 남겼다.

삼국사기나 조선왕조실록에서는 좀비에 관한 기록을 찾아볼 수 없다. 근대에 들어서도 마찬가지다. 우리나라 기록은 아니지만 한반도에 좀비가 존재했다고 의심해볼 만한 기록은 딱 하나, 임진 왜란 당시 조선에 건너온 종군승 쇼닌이 쓴 북정일기의 한 부분이다. 정유재란 때 건너온 쇼닌은 진주성 부근에 머물렀는데 일본군에게 점령당한 진주성의 아래 마을에 모여 사는 조선인들을 설명한 부분이 우리가 알고 있는 좀비와 유사하다.

규슈의 우토노 성의 영주이자 내 주군이신 아사히 나가테루 님은 고니시 유키나가 님의 권유로 기리시단을 믿었다가 다시 부처님의 품으로 돌아오셨다. 한때 잘못된 믿음을 가지기는 했지만 곧 진실을 깨닫고 바른 길을 걷게 되신 것이다. 나는 젊은 시절 나가테루 님과 함께 조선으로 건너간 적이 있었다. 이 일은 그 때 우리 군이 주둔하고 있던 진주성에서 겪은 사건이다. 그들은 모두 커다란 울타리 안의 마을에 모여 살았는데 말을 하지 않고 짐승처럼 울부짖었다. 진주성을 지키고 있던 아사히 나가테루 님께서 남만인 기리시단 선교사와 함께 가끔 그곳에 들렀다. 그곳에 갈 때는 항상 밀봉된 커다란 나무통을 가져갔는데 그것이 무엇인지 여쭤봐도 웃으며 넘어갈 뿐이었다. 그러던 어느 날, 나무통을 짊어지고 가던 병사가 실수로 넘어지면서 그 안에 들어 있던 것이 쏟아졌다. 내가 본 것은 상투를 튼 조선인 남자의 머리통이었다. 나가테루님은 크게 화를 내면서 병사에게 얼른 주워 담으라고 지시했다. 그날 밤, 나는 아껴

둔 술병을 들고 그 병사를 찾아가 자초지종을 물었다. 하지만 그 병사는 함구령이 내렸다며 절대 말할 수 없다고 얘기했다. 울타리에 둘러싸인 마을은 우리 군대가 남쪽으로 철수하면서 불태워졌다. 병사들이 울타리 안에 불화살을 쏘아 넣고, 울타리에 불을 지른 다음 도망쳐 나온 조선인들을 찔러 죽였다. 성벽 위에서 그 광경을 지켜보면서 나도 모르게 합장을 했다. 그런데 조선인들은 병사들이 창으로 찌르고 칼로 베어도 계속 움직였다. 심지어는 맨손으로 병사들에게 덤비기도 했다. 나가테루 님께서 말을 타고 돌아다니시면서 목을 베라고 하셨다. 병사들이 그 말을 듣고 목을 베자 비로소 움직임이 멈췄다. 학살이 끝나고 나가테루 님은 조선인들에게 물린 병사 셋에게 할복을 명했다. 그중에는 나에게 아무것도 말해줄 수 없다고 하던 그 병사도 포함되어 있었다. 나는 울산성을 거쳐서 부산으로 내려갔다가 천신만고 끝에 고향으로 돌아올 수 있었다. 울산성 전투에서 크게 부상을 당하신 나가테루 님은 내가 있던 사찰에 자주 찾아오셔서 자신이 죽인 영혼들의 명복을 빌었다. 고향으로 돌아온 지 10년쯤 지나고 우연찮게 그때의 일을 물었다. 그러자 나가테루 님은 남만인의 꾐에 빠져 나쁜 술수를 쓸 뻔했다고 털어놨다.

"남만인 선교사는 나에게 그자들이 죽음을 두려워하지 않기 때문에 누구보다 잘 싸울 수 있다고 했지. 하지만 그자들이 적과 아군을 가리지 않는다는 얘기를 뒤늦게 듣고 화를 냈다네. 전장에서 적과 아군을 가리지 못하는 자들을 무엇에 쓴단 말인가?"

그 얘기를 들은 나는 조심스럽게 물었다.

"그럼 그 울타리 안에 살던 자들은 무엇입니까?"

"살아 있지도 죽지도 않은 자들이지."

나가테루 님께서 더 이상 얘기하고 싶지 않은 눈치라서 나 역시 그 해의 수확량으로 화제를 돌렸다. (이하 후략)


쇼닌의 설명대로라면 울타리 안에 있던 조선인들은 좀비들이 틀림없다. 하지만 이 기록은 마캉달이 운다나 주술로 공격적인 좀비를 만든 1750년대 보다 무려 160년이 빠르다. 따라서 진위 여부를 믿을 수 없다는 주장이 우세하다. 현재 한국 프리덤 워치에서는 해당 기록을 프리덤 워치의 본부로 보내 진위 여부에 대한 판정을 기다리고 있다. 만약 프리덤 워치 본부에서 이 기록을 사실로 인정한다면 좀비의 역사는 다시 쓰여야 할 것이다.


## 프리덤 워치의 창립과 발전

좀비에 대한 감시와 대책을 논의하는 조직인 프리덤 워치는 1987년 미국 샌디에이고에서 발족했다. 좀비 마니아를 자처해 관련 영화와 기록들을 빠짐없이 봤던 토마스 A. 크루그는 어느 날 좀비가 우리 곁에 실존하고 있지 않는 것인가 의심했고, 많은 연구 끝에 사실이라는 결론을 내렸다. 하지만 그의 주장은 미친 사람의 헛소리로 치부되었다. 결국 그는 자신의 동조자인 이웃주민 두 명에게 이 문제에 관해서 털어놨고, 관련 문서들을 넘겨주었다. 그리고 그날 밤 자신의 차고에 있는 차 안에서 권총으로 머리를 쏴서 자살했다. 공식적인 사인은 우울증으로 인한 자살이었지만 동조자들은 그의 죽음이 좀비의 존재를 묻어버리고자 했던 조직의 소행이 아닌가 의심했다. 따라서 두 동조자들은 자신의 이름을 끝내 밝히지 않고 A와 B라고만 했다. 이런 전통에 따라 현재 프리덤 워치의 본부 역할을 하는 미국 지부의 경우 회장과 부회장을 각각 A와 B라고 지칭하며 스페인과 헝가리 지부에서도 이런 전통을 따르는 것으로 알려져 있다. 두 사람에 의해 만들어진 프리덤 워치 조직은 20세기 후반 전 세계로 퍼져나갔다. 이렇게 전파된 데는 유튜브를 비롯한 인터넷의 영향이 컸다. 이들은 좀비의 진실이라는 제목의 동영상을 통해 좀비 아포칼립스 사태가 언제든지 일어날 수 있으며 만반의 준비를 해야 한다고 알렸다. 이들의 노력에 의해 유럽과 아시아 각지에 프리덤 워치 지부들이 생겨났다. 대부분의 조직들은 해당 정부의 탄압을 받았기 때문에 비공식적으로 활동하고 있으며, 정확한 숫자와 조직은 밝혀지지 않고 있다. 미국에 있는 프리덤 워치의 본부에서는 매년 전 세계 주요 국가들을 대상으로 좀비사태 발생 위험도와 좀비 불신론자들의 비율을 발표한다. 또한 포스트 아포칼립스Post Apocalypse, 즉 인류 문명의 종결 이후의 생존에 대한 매뉴얼을 이미 갖추고 있다. 미국의 경우는 전직 국무부 직원이 참여해 국가 조직의 설치와 새로운 국가의 선포 방식까지 결정해놓은 상태다. 즉, 프리덤 워치 본부의 지도자인 A가 대통령에, 그 다음 지도자인 B가 총리에 임명되고, 프리덤 워치의 고참 회원들의 무기명 비밀 투표로 의회격인 생존위원회의 위원장인 C를 뽑도록 되어 있다. C는 4년에 한 번씩 샌디에이고에서 열리는 프리덤 워치의 총회 겸 토마스 A. 크루그의 추모집회에서 회원들이 밀봉한 봉투에 넣어 비밀 장소에 보관한다. 좀비 사태가 터진 이후 A와 B의 합의 하에 봉투를 개봉해서 최다 득표를 한 회원을 C로 임명하는 방식이다. 유럽의 경우는 프리덤 워치 조직의 통합 논의가 2000년대 초반부터 있어왔다. 하지만 통합 본부를 어디에 두어야 할지 논쟁이 불거지면서 현재는 잠정적인 중단 상태에 있다. 이와 별도로 통합 생존 매뉴얼에 대한 논의는 계속 이뤄지고 있어 지난 2012년 서유럽과 통합 생존 매뉴얼이 나온 상태다. 나토 생존 매뉴얼이라는 별명을 얻은 이 생존 매뉴얼에도 포스트 아포칼립스 상황에서의 생존법이 들어 있다.

　한국 프리덤 워치는 2006년 신촌의 한 호프집에서 첫 모임을 가졌다. 조직의 비밀유지를 위해 공식조직을 두지 않고, 번개 형태의 모임을 가지고 있으며, 외부에는 호러 영화나 소설을 좋아하는 모임으로 선전하고 있다. 한국에서 공식적으로 좀비가 나타났다는 기록은 보이지 않는다. 일부에서는 임진왜란 때 일본군이 건너오면서 전파되었을 것이라는 추측을 내놓았다. 하지만 아이티의 사례보다 이른 시기이기 때문에 인정하기 어렵다는 것이 한국 프리덤 워치의 공식입장이다. 대한민국 좀비의 역사에 관해서는 현재 조직 내에서 활발한 조사가 진행 중이지만 일단 생존 매뉴얼을 제작, 배포하는 것이 우선이기 때문에 차후로 미룬 상태다.

  프리덤 워치의 구성원들은 모두 워치스watches, 감시자들로 불린다. 감시자들은 주 임무는 정치인들이 숨기거나 왜곡하는 좀비에 대한 정보들을 캐내고 전달하는 것이다. 프리덤 워치 본부에서는 좀비들의 존재를 숨기기 위한 거대한 세력이 존재한다고 믿고 있다. 나이트 얼라이언스alliance, 어둠의 동맹이라고 불리는 이들은 좀비에 대한 정보를 숨기는 한편, 헐리우드에서는 좀비와의 사랑을 그린 영화가 등장하면서 좀비에 대한 위험성을 숨기고 좀비가 안전하다는 믿음을 전파시키는 데 앞장서고 있다. 좀비 불신론자들이 늘어나고 있는 상황에서 감시자들의 역할과 임무는 점점 더 어려워지고 있다. 감시자들은 평소에는 현직에 종사하면서 주변의 정보를 모으고 분석하고 징후를 파악하는 한편, 사태 발생 시 생존자들을 돕는다. 감시자들은 활동 기간과 능력에 따라 1~5급으로 나눠지며 등급에 따라 접근할 수 있는 정보가 달라진다. 참고로 한국 프리덤 워치는 창설된 지 얼마 되지 않아서 3등급이 최고 등급이다. 감시자들은 미국 국무부를 비롯해서 UN, EU 같은 국제기구는 물론, 세계 각지에서 활동 중이다. 감시자들은 다음과 같은 암호를 통해 서로를 확인한다.

Q : 당신은 무엇을 감시하고 있습니까?
A : 어둠을 감시 중입니다.

서로 말이 통하지 않을 경우에는 오른손을 불끈 쥐고 머리 위로 치켜든 다음 프리덤 워치의 공식 구호인 '프리덤 워치여, 영원하라!'를 영어로 외치면 된다. 2013년 2월 프리덤 워치 본부에서 발표한 2012년도 대한민국의 좀비사태 발생 위험도는 91%로 나와 있다. 이는 미국 서부와 아이티를 제외한 가장 높은 수치인데, 급격한 인구증가와 이에 따른 도시화가 진행되었고, 삼면이 바다로 막혀 있는 상태에 북쪽은 휴전선이 있어서 실질적인 고립지역으로 보기 때문이다. 프리덤 워치 본부에서는 인구 밀집도가 높고 고립된 지역이 좀비사태 발생 위험도가 높은 것으로 판단하고 있다.

# 좀비 제너레이션

– 좀비로부터 당신이 살아남는 법

© 정명섭, 2013

초판 1쇄 인쇄  2013년 4월 29일
초판 1쇄 발행  2013년 5월 15일

지은이       정명섭
펴낸이       강병철
주간         정은영
책임편집     이수지
편집         박소이 최민석
마케팅       장성준 박제연 남성진 전연교
E-사업부     정의범 김혜연

펴낸곳       (주)자음과모음
출판등록     2001년 11월 28일 제313-2001-259호
주소         121-840 서울시 마포구 서교동 396-33번지
전화         편집부 02)324-2347 경영지원부 02)325-6047
팩스         편집부 02)324-2348 경영지원부 02)2648-1311
이메일       neofiction@jamobook.com
홈페이지     www.jamo21.net
커뮤니티     cafe.naver.com/cafejamo

ISBN 978-89-544-2994-8 (03810)